어떻게 살고 있는가? 어떻게 살고 싶은가?

지∘금∘과
다르게
살고 싶다

지금과 다르게 살고 싶다

펴낸날 2016년 07월 07일 초판 1쇄
2018년 07월 06일 초판 2쇄

지은이 안셀름 그륀 **옮긴이** 안미라 · 안미지
펴낸이 김광자 **북디자인** 구민재page9 **펴낸곳** 챕터하우스
출판신고 2007년 8월 29일 제315-2007-000038호
주소 서울시 강서구 화곡로68길 47, 601호
전화 070-8842-2168 **팩스** 02-2659-2168 **이메일** chapterhouse@naver.com
트위터 @chapterhouse1 **블로그** blog.naver.com/chapterhouse

ISBN 978-89-6994-016-2 03840

책값은 뒤표지에 있습니다. 잘못된 책은 구입하신 곳에서 바꾸어 드립니다.

이 도서의 국립중앙도서관 출판시도서목록(CIP)은
서지정보유통지원시스템 홈페이지(http://seoji.nl.go.kr)와
국가자료공동목록시스템(http://www.nl.go.kr/kolisnet)에서 이용하실 수 있습니다.
(CIP제어번호 : CIP2016015120)

A N S E L M   G R Ü N

더 나은 인생을 위한 삶의 태도

어떻게 살고 있는가? 어떻게 살고 싶은가?

지·금·과 다르게 살고 싶다

안셀름 그륀 글

안미라 · 안미지 옮김

일러두기

● 성경 인용은 현재 천주교에서 가장 널리 쓰이는 『새번역 성경』을 참고했습니다.

● 성경 원문에 대한 표현 : 원서에는 어떤 개념을 설명하거나 성경구절을 보다 자세히 살펴보기 위해 현대 그리스어 단어를 소개하기도 하고 성경의 원문인 '헬라어' 단어를 소개하기도 합니다. 둘 다 그리스어이긴 하지만 일반적으로 성경의 원문을 지칭할 때에는 헬라어라는 표현을 사용하는 것이 일반적입니다. 그러나 여기에서는 헬라어라는 표현이 독자에게 다소 혼란을 줄 수 있다고 판단하여 '성경의 그리스어 원어' 등으로 풀어서 표현하였습니다.

마음은 초췌하고 공허한 것이다

— 강길웅 신부

『아래로부터의 영성』이란 책이 있다. 많은 이들에게 충격적인 감동을 주었던 책이다. 신을 만나기 위해서는 위로 올라가는 길이 아니라 오히려 아래에 있는 길에서 찾으라는 내용이다. 다시 말해 기도나 고행보다는 상처나 실패를 통해 신을 더 쉽게 만난다는 것인데, 책의 저자가 국내에도 잘 알려진 안셀름 그륀 신부다.

토마스 머튼, 앤소니 드멜로, 토마스 키팅, 까롤로 까레또, 헨리 나웬, 끼아라 루비. 20세기에 등장한 걸출한 영성작가들이다. 많은 사람들이 이들을 통해 신을 체험하고 더 나은 삶을 찾았다. 안셀름 그륀도 단순히 종교적 차원을 뛰어넘어 많은 사람들의 영혼에 깊은 울림을 주는 우리 시대 최고의 영성작가다. 그들은 진정으로 풍요로운 삶이 어떤 것인지를 제시해주었고, 인생은 정말 살 만한 충분한 가치가 있다는 것도 알려주었다. 그들이 우리와 함께 살았고, 지금도 함께 살아가고 있다는 것이 행복하다.

그러나 오늘날의 세계가 치열하고 냉혹한 경쟁으로 사람들 간의 따뜻함이 사라진 것도 사실이다. 인류가 등장한 이래 지금처럼 지식과 과학문명의 발전 속도가 가속화되어 하루가 다르게 세상이 변한 적은 없었다. 세상은 잘살게 되었다지만, 인류는 전에 없이 마음에 더 많은 갈증과 빈곤을 느끼고 있다. 몸은 배부르지만, 마음은 초췌하고 공허한 것이다.

"젊어 고생은 사서도 한다."는 말이 있다. 왜 고생을 사서 하는가? 고생 속에는 부모나 스승이 가르쳐줄 수 없는 지혜가 있기 때문이다. 그 지혜는 우리가 직접 고생 속으로 들어가 봐야만 알 수 있지만, 좋은 스승을 만나는 것도 한 방법이다. 일찍이 지혜의 눈을 뜬 분들은 세기마다 넘쳐났다. 단식을 하고 고행을 해도 마음은 평화로워 참행복을 구가하는 분들이다. 그리고 그분들의 가르침을 통해서 우리도 쉽게 지혜에 접근하여 행복한 삶을 누릴 수 있게 된 것이다.

온 우주 안에서 인간이 변화시킬 수 있는 유일한 구석이 있다면 그것은 바로 자기 자신이다. 안셀름 그륀은 이 책에서 더 나은 인생을 위한 다양한 삶의 태도를 제시하고 있다. 내면의 평화를 찾기 위한 태도, 성공을 위한 태도, 변화를 위한 태도, 휴식을 위한 태도…. 그것의 선택과 시도는 우리 몫이지만, 그 시도를 통해 우리가 변화되면 우리 안에 지금보다 더 많은 보화가 있다는 것을 알게 된다. 보다 나은 삶은 얼마나 소망스러운 일인가!

우리가 원하기만 하면 누구나 풍요로운 삶을 찾을 수 있다. 많은 이들이 이 책을 읽고 아름다운 세상을 살았으면 좋겠다. 그것이 저자가 거는 기대요 희망이지만, 그러나 행복하게 살아야 하는 것은 신의 엄중한 명령이기도 하다.

태도가 인생을 만든다

삶은 각기 다른 감정과 느낌이 혼합된 채 매 순간을 살아가는 것이다. 오늘날 우리는 의미 있고 행복한 순간들로 삶을 채워나가게 해준다는 수많은 유혹을 받으며 살아간다 해도 과언이 아니다. 우리가 선택할 수 있는 방법과 대안에는 끝이 없는 듯하다. 선택의 폭이 너무 넓다 보니 오히려 더 혼란스럽기만 하다. 이 책이 선택하지 못하고 망설이는 사람들을 위한 지침서는 아니다. 더 나은 인생을 위해 필요한 삶의 태도에 대해 생각해볼 수 있는 기회를 마련하기 위한 책이다. 더 나은 인생을 위한 삶의 태도에 대해 생각해보기 위해서는 먼저 오늘날 사람들이 어떻게 살아가고 있는지 진단해볼 필요가 있다. 그리고 궁극적으로는 우리가 어떻게 살아갈 수 있을지, 우리에게 열려 있는 가능성에 대한 고민을 해보아야 할 것이다. 나는 이러한 숙고의 과정을 통하여 당신이 원하는 길을 스스로 찾아낼 수 있기를 바란다.

나는 이 책을 통해 특정한 삶의 방식을 강요하고자 하는 것이 아니다. 과거로부터 오늘날에 이르기까지 계승된 서양의 철학, 성경의 원리, 기독교적 전통 그리고 이미 수백 년 전 많은 성인들과 사상가들이 소개한 삶의 태도들을 정리해 소개하고자 한다. 과거로부터 계승된 삶의 태도들은 많은 사람들의 경험에 의해 검증된 것들이기 때문에 특별한 가치를 지닌다. 우리는 이러한 삶의 태도들 속에서 현재를 사는 우리에게 도움이 되는 태도들, 늘 안정을 찾지 못하고 알 수 없는 미래에 대한 불안감 속에서 헤매는 우리에게 기준과 방향을 제시해줄 만한 삶의 태도들을 발견할 수 있을 것이다.

현재 우리가 사는 세상은 과거와는 다르지만, 과거로 눈을 돌리는 것은 결코 시간 낭비가 아니다. 왜냐하면 과거 수많은 사람들이 더 나은 삶의 의미에 대해 충분히 고민하며 인생을 가치 있게 만들어 주는 태도들을 찾아내 삶에 적용하고 검증했기 때문이다. 다양한 사람들이 다양한 환경 속에서 다양한 가치관과 철학을 발전시켜 왔다. 과거의 사람들이 어떻게 살았는지를 살펴보는 과정을 통해 우리는 각자의 마음속에 담고 싶은, 더 나은 인생을 위한 삶의 태도들을 찾아낼 수 있을 것이다.

우리 삶의 기준이 되어줄 삶의 태도 말이다.

지식과 정보가 넘쳐흐르는 오늘날, 우리가 어떻게 살아야 하는지에 대한 조언들도 끊임없이 쏟아지고 있다. 이런 시대에 우리에게 가장 필요한 것은 기준이다. 이 책에서 소개하고자 하는 삶의 다양한 태도들은 삶의 기준이라고 표현해도 좋다. 물론 기준이라는 단어는 어떤 면에서 부정적인 의미를 갖기도 한다. 기준을 세우고 그 기준을 따른다는 것이 그 기준에 얽매인다는 뜻을 내포하기 때문이다. 그래서 변화를 거부하거나 앞으로 나아가지 않겠다는 의미로 해석될 수도 있다. 그러나 나는 이 책을 통해 소개하고자 하는 삶의 태도들을 긍정적인 개념의 기준으로 정의하고 싶다. 그것은 삶의 기준이 되어줄 삶의 태도들이 오히려 삶을 변화시킬 것이기 때문이다. 우리 삶을 보다 아름답게 만들어주고 우리의 인생을 조형해줄 거푸집, 틀, 모델 같은 역할을 할 것이기 때문이다. 일반적으로 '모델'이라는 표현은 예술가가 그림을 그리거나 조각을 할 수 있게 자신의 모습을 예술 행위의 대상으로 제공하는 사람을 지칭한다. 모델이 되어주는 사람의 형상은 예술가의 손을 거쳐 그림이나 조각상으로 재탄생된다. 삶의 다양한 태도에서 우리가 발견하게 될 '모델'은 그 태도들을 적용하는 각자의 삶으로 재탄생된다.

우리는 우리 인생을 조각하거나 그리는 예술가인 셈이다. 다시 말해 모델을 기준으로 각자의 삶을 다양한 방식으로 변화시킬 수 있는 사람이다. 나는 여기에서 언급한 변화(Verwandlung)라는 개념에 주목하고 싶다. 우리가 추구해야 할 것은 변신(Veränderung)이 아닌 변화(Verwandlung)다.

언젠가부터 '변화관리(Change management)'라는 말이 유행하면서 기업들은 경쟁하듯 구조와 전략을 바꾸며 계속해서 변신을 꾀하고 있다. 그 과정에서 기업은 많은 것을 얻기도 하지만, 그 대가로 종종 안타깝게 소중한 것들을 잃기도 한다. 기업뿐아니라 사람들도 계속해서 변신을 시도한다. 현재 수많은 자기계발서들이 누구나 마음만 먹으면 금방 변신할 수 있다고 우리를 현혹한다. 한번은 서점에서 『7일 만에 완전히 변신하는 방법』이라는 책을 본 적이 있다. 나는 이 책이 독자에게 변신은 커녕 잔뜩 겁만 줄 게 뻔하다고 생각했다. 7일 만에 완전히 변신한다는 것은 말도 안 되는 일이다. 정말로 7일 만에 변신이 가능하다고 믿는 사람은 아마도 인생 대반전을 꿈꾸며 무리한 시도들을 하다가 얼마 지나지 않아 실망감과 목표를 달성하지 못했다는 죄책감에 빠져들게 될 것이다. 내 주변에는 수십 년째 변신할 거라 떠들어대지만 여전히 똑같은 모습으로 살아가는 사람들이 있다. 이유는 간단하다. 변신은 상당히 공격적인 일이기 때문이다. 기존의 나와 싸워 이겨야 달성되기 때문이다. "나는 지금의 내 모습을 거부한다. 완전히 다른 사람이 되어야 한다. 내 겉모습과 내면까지 모두 달라져야 한다."는 전제에서부터 출발해야 하기 때문이다. 하지만 기존의 나에 대항해 싸우면 싸울수록 저항은 점점 더 커지기 마련이다. 변신의 결과는 내가 아닌 다른 사람이 되는 것이다. 다른 사람이 된다는 것은 사실 부정적인 일이다. '다른 사람' 또는 '새로운 나'가 되겠다는 것은 유일무이한 존재로서의 나, 신이 창조하신 세상에 단 하나뿐인 나의 모습을 거부하는 것이기 때문이다.

기독교적 전통은 변신이 아니라 '변화'가 해답이라고 설명한다. 변화는 변신보다 부드럽고 온화한 개념이다. 변화는 모든 것을 허용한다. 변화는 원래의 내 모습을 인정하는 데에서부터 출발해 아직 미완성의 나를 완성시켜 나간다는 의미를 갖는다. 변화의 종착지는 완전한 나이다. 신학적으로 표현하면, 변화의 끝은 신이 각자에게 주신 유일무이한 모습을 더욱 완전하게 드러내는 단계다. 나를 새롭고 낯선 모습으로 바꿀 필요가 없다. 신이 선물하신 내 원래의 모습을 찾아내 발전시키면 되기 때문이다. 내 원래의 모습이 어떤 모습인지는 잘 모르겠다. 하지만 조용히 앉아 내면의 평화를 느끼는 순간 내 원래의 모습에 조금씩 가까워지는 것만은 확실하다. 변화의 원형은 다볼산•에서의 예수님의 변화를 통해 소개된다. 예수님은 얼굴과 몸이 투명해지고 광채가 나는 변화를 경험했다. 예수님 '원래의 모습'이 드러나는 순간이었다. 진리이신 예수님의 진짜 모습이 광채처럼 육신을 뚫고 나온 것이다. 변화는 바로 우리 안에 존재하는 모든 것이 투명하게 드러나고 우리의 존재를 어둡게 했던 모든 것이 정화되어 밝게 빛나는 것을 의미한다.

또 한 가지 중요한 사실이 있다. 변화는 홀로 감당해야 하는 과정이 아니다. 나의 변화에는 신이 결정적인 역할을 하신다. 내가 해야 할 일은 신을 신뢰하고 붙잡는 것뿐이다. 신의 사랑이 내 영혼 깊은 곳, 나의 두려움, 나의 외로움, 나의 연약함에 스며들어 그 모든 부분들을 바꾸어 놓는 것이 변화다. 나의 모든 부분을 신에게 내드리는 용기만 있으면 된다.

이 책을 통해 소개하고자 하는 삶의 다양한 태도들은 나의

• 다볼산 전통적으로 예수가 변모한 산을 다볼산으로 보고 있음. 마태오복음 17장에 변화산의 정확한 이름은 기록되지 않았지만 다볼산이 마침 히브리어의 '높은 산'이란 뜻의 '하르 타볼'로 언급되고 있음.

모든 부분을 신에게 내드리는 것보다 조금 더 적극적인 성격을 갖고 있다. 변화는 시도를 통해서도 가능하다. 성경의 한 이야기요한복음 5장 2-9절로 설명을 대신하겠다. 예수님이 벳자타라는 연못에서 한 병자를 고치는 이야기다. "건강해지고 싶으냐?" 예수님이 묻자 병자는 명확하게 대답하지 못했다. 건강해지고자 하는 의지가 없는 대답을 들은 예수님은 병을 바로 고쳐주시지 않았다. 예수님은 다른 방법으로 그를 고치셨다. "일어나 네 들것을 들고 걸어가거라."요한복음 5장 8절라고 명령하신 것이다. 이 말은 '시도해봐라!'는 명령으로 바꾸어도 무방하다. '일어나 네 들것을 들고 걸어보는 시도를 해보아라! 그러면 어떠한 변화가 일어나는지 경험하게 될 것이다. 너는 걷게 될 것이다!'

내가 소개하고자 하는 삶의 태도들은 바로 이러한 의미에서 언급한 것들이다. 나는 삶의 여러 태도들을 시도해보고 어떠한 변화가 일어나는지 경험해보자는 의미에서 이 책을 썼다. 나는 내 안에서 일어나는 변화가 내 주변 그리고 세상을 바꿀 수 있다고 믿는다. 댐은 물을 가두어 두었다가 터빈을 통해 흘러나가게 하면서 전기 생산을 가능케 한다. 내가 소개하고자 하는 삶의 태도들은 댐과 같다고도 할 수 있다. 내 무의식을 물처럼 잠시 모아 두었다가 엄청난 에너지를 생산하게 해주는 댐 말이다.

어떤 이들은 자신이 선택한 삶의 태도가 자신에게 맞지 않으면 어떻게 하나 걱정한다. 특정한 삶의 태도를 실천하기 위해 억지로 괴로움을 참아내야 하는 것 아닌가 겁부터 낸다. 나는 당신이 내가 소개하는 삶의 태도들을 억지로 또는 괴로워하면서 삶에 적용하기를 바라지 않는다. 삶의 태도는 나의 내면의 모습을 그대로 반영한 삶, 변화를 통해 이루고자 하는 삶을 만들기 위한 틀이 되어야 한다. 신이 당신에게 허락하신 능력과 가능성을 발견하고 활용하기 위해 시도하는 삶의 태도들이 되어야 한다.

나는 당신이 당신의 상황에 필요한 적절한 삶의 태도, 꼭 필요했던 기준을 발견해 시도해보기를 희망한다. 그리고 그 시도들을 통해 변화를 경험하고 원래 당신의 모습을 찾아내어 신이 허락하신 당신만의 모습을 더욱 강하게 드러냄으로써 주변까지 밝게 해줄 수 있는 사람이 되기를 바란다. 변화는 즉각 눈에 보이는 것이 아니다. 당신의 내면이 변하게 되면 사람들과의 관계에서부터 서서히 변하게 될 것이다. 그리고 어느 순간 당신의 주변 환경과 세상까지 변화하고 있다는 사실을 발견하게 될 것이다.

— 안셀름 그륀

차례

신중한 태도

오늘날 종교를 막론하고 신중함에 관한 많은 글들이 쏟아져 나오고 있다. 아마도 현대인들이 신중함에 대한 갈증을 느끼는 모양이다. 너무 오랜 세월 자기 자신이나 세상 만물을 신중하게 대하지 않았기 때문인 듯하다. 매일같이 치열한 삶에 휘둘린 채 자기 자신을 충분히 신중하게 대하지 못했기 때문인지도 모르겠다.

'신중하다'는 뜻의 독일어 'achtsam'은 '생각하다'는 인도게르만어로부터 파생된 단어다. 신중하다는 것은 자신이 하는 행동과 주변에서 일어나는 상황을 인식하고 이에 대해 생각한다는 말이다. 신중한 사람은 늘 자신의 행동이나 자신에게 주어진 상황에 생각이 집중되어 있는 사람이다. 반대로 자신의 행동과 생각이 분리된 사람들도 있다. 산책을 하면서 생각이 전혀 다른 곳에 가 있는 사람들이다. 자신이 걷고 있는 길이나 발걸음에 전혀 주의를 기울이지 않고 다른 생각에 잠겨 있는 것이다. 신중하다는 것은 산책을 하면서 자신의 발걸음에 집중한다는 것을 의미한다. 걷는다는 것은 무엇을 의미하는가? 발로 땅을 밟았다가 발을 떼면서 앞으로 나아가는 것을 의미한다. 같은 자리에 머물러 있지 않는 것이다. 걷는다는 것은 계속해서 앞으로 나아가는 것, 자신의 현재 위치에 만족하지 않고 계속해서 앞을 향하여 이동하는 것을 말한다. 신중하게 걸으면 걷기가 갖는 이러한 비밀을 깨달을 수 있다. 걷기를 통하여 나의 인생을 위한 교훈을 발견할 수 있다.

'achtsam'은 또한 '존중하다(achten)'의 의미를 갖는다. 무엇인가를 신중하게 대한다는 것은 그것을 존중하고 그 가치를 인정하는 것이다. 존중한다는 것은 주의를 기울여 인식하는 것이다. 내가 손으로 만지고 잡고 있는 대상에 나의 생각을 집중시키면서 그 가치를 느끼는 것이다. 누르시아의 성 베네딕토는 수도사가 수도원의 모든 사물을 신중하게 다루어야 함을 강조하였다. 모든 것은 신의 영이 깃들어 있는, 신의 선물이라는 점을 잊지 말라고 하였다. 사물을 신중하게 다루면 그것의 진정한 가치를 발견할 수 있다.

신중하다는 것은 지금 이 순간에 충실하다는 의미도 포함한다. 모든 순간을 충실하게 사는 사람은 모든 순간의 참가치를 느끼며 삶을 충분히 즐길 수 있다. 이러한 사람의 삶은 풍성한 경험으로 가득하다. 이러한 사람은 잔디밭에 눕기만 해도 자연의 아름다움으로 충만한 파라다이스를 경험할 수 있다. 틱낫한은 제자들에게 말했다. "삶이 행복하지 않다면 충분히 신중하게 살고 있지 않다는 것이다."

가을날 숲 속을 신중하게 걷는 사람은 가을이 선사하는 색채의 기적을 맛볼 수 있다. 가을은 최고의 화가이다. 신중한 사람은 숲이 선물하는 다양한 기적들을 체험할 수 있다. 나는 숲 속을 산책할 때면 나무들이 만들어 내는 빛의 향연에 매료된다. 고딕 양식의 교회 기둥들과 같은 웅장함을 자랑하는 큰 나무들도 언제나 감동적이다. 나는 마치 교회 안을 걷는 듯 신중하게 숲 속을 거닌다. 그러면 신의 창조물들이 발하는 비밀스러운 아름다움이 나를 감싼다. 꼭 먼 곳으로 여행을 떠나지 않아도 좋다. 신중하게 산책하는 것만으로도 마음에 필요한 풍요를 얻을 수 있다.

일상의 모든 것들을 의식적으로 신중하게 대함으로써 우리는 신중한 태도를 기를 수 있다. 볼펜이나 컴퓨터, 책을 신중하게 다루어 보자. 방에서 나갈 때에도 문지방을 넘어 다른 공간으로 이동하는 순간에 집중해 보자. 신선한 공기를 느끼고, 나를 따뜻하게 감싸는 햇살을 느껴 보자. 내가 살아가는 모든 순간에 집중하며 신중하게 살아가 보는 것이다. 손에 잡힌 사물을 시각, 청각, 후각, 촉각으로 느껴 보자. 신중함을 기르는 연습은 아주 간단하고도 쉽다. 하지만 이러한 작지만 구체적인 노력들이 모여서 나를 만든다. 우리는 신중한 태도를 훈련함으로써 사물들뿐 아니라 나 자신과의 새로운 만남을 경험할 수 있게 된다. 신중함을 통해 우리는 새로운 방식으로 자기 자신을 인식하며 현재에 집중하는 생명력 있는 삶을 살 수 있게 된다.

경배하는 태도

●

경배하는 태도는 얼핏 들으면 보다 나은 삶을 위한 태도같이 들리지는 않는다. 경건하고 절제된 삶이 연상되기 때문이다. 경배는 어떤 대상을 받들어 높이는 행위를 말한다. 그러나 오늘날 사람들은 우월감을 느끼기 위해 상대방을 낮추는 경향이 있다. 다른 누군가가 나보다 우월하다고 인정하기란 쉽지 않다. 사람들은 상대를 지배하고 싶어한다. 인간이 어떤 존재를 내면 가장 깊은 곳에서부터 경외하는 것에 대한 근본적인 그리움을 가지고 있기는 하다. 그러나 오늘날의 사람들은 그러한 그리움과 동시에 누군가를 경배하는 것에 대한 거부감도 느끼고 있다. 매사에 자신이 결정권을 갖고 싶어하기 때문이다. 당당한 삶의 주체가 되고 싶어하기 때문이다. 사실은 무릎 꿇을 수 있는 사람이라야 당당한 삶의 주체도 될 수 있는데 말이다.

경배는 모든 종교의 기본적인 행위다. 경배는 아무런 조건이나 목적이 없는 행위로, 신에게 어떤 대가를 바라고 하는 행위가 아니다. 경배한다는 것은 신이라는 한 가지 이유 때문에 그 앞에 엎드리는 것을 말한다. 진정한 경배는 아무런 목적 없이 이루어져야 한다. 하다 못해 기쁨이나 평온함이나 안정감 따위의 감정조차 경배의 이유가 될 수 없다. 경배하는 시간은 자신의 문제를 털어놓는 시간이 아니다. 경배하는 시간은 신이 나의 주인이며 나의 창조자이기 때문에 그 앞에 엎드리는 시간인 것이다. 내 자신, 내 삶의 어려움이나 문제들은 잊고 오로지 신만 바라보는 시간인 것이다. 나를 잊어버릴 수 있는 것은 신이 나를 완전히 사로잡았기 때문이다. 그 순간만큼은 오직 신에게만 집중하는 것이다. 놀라운 것은 나를 완전히 잊어버리는 순간 진정한 나, 완전한 나와 대면하게 된다는 것이다. 그 어떤 문제나 사람이 나를 채우는 것이 아니라, 신이 나를 온전하게 채워주고 있기 때문이다. 경배는 나 자신으로부터 자유로워지는 것에 대한 그리움, 늘 나를 중심으로 돌아가던 삶과 내가 주인공이고 내가 주인인 삶으로부터 자유로워지는 것에 대한 그리움을 내포하고 있기도 하다. 인간은 자신을 잊어버림으로써 자유로워지고 신에게 사로잡히게 되는 것이다. 나의 문제들, 죄, 심리 상태 등은 더 이상 중요하지 않다. 오직 신만 중요하게 된다. 프랑스 소설가 조르주 베르나노스는 "자기 자신을 돌아볼 수 있는 것은 신의 큰 축복"이라고 말했다. 그러나 "축복 중의 축복은 자기 자신을 잊어버릴 수 있는 능력"이라고도 말했다. 내 자신을 잊어버리면 완전한 자유를 만끽할 수 있기 때문이다.

경배는 신과의 관계 속에서만 일어나는 행위처럼 들린다. 그러나 우리는 일몰을 바라볼 때, 다른 특별한 노력 없이 해가 지는 모습을 바라보는 것만으로도 자신을 완전히 잊어버리는 경험을 하기도 한다. 그 순간 우리는 내가 아닌 다른 어떤 무언가에 사로잡히게 되며, 나 자신으로부터 벗어날 수 있게 된다. 나의 감정 따위는 더 이상 중요해지지 않는 순간이다. 자신의 감정에 집중하는 것은 너무나 당연하고 중요한 일이다. 하지만 감정에 지나치게 얽매이는 것은 바람직하지 않다. 왜냐하면 인간은 감정에 충실하고자 하면서도, 나 자신에게 집중하는 행위로부터 끝없이 자유로워지고 싶어하기 때문이다. 나에게 유익한 일인가? 내 감정은 어떤가? 바로 이러한 질문들로부터 자유로워지고 싶은 욕구를 누구나 가지고 있다. 자신으로부터 자유로워지고 나보다 큰 존재 앞에 무릎을 꿇는 것, 그리고 무엇보다도 신, 창조물의 아름다움, 미술작품의 아름다움, 음악의 아름다움에 사로잡히는 것에 대한 목마름은 모든 인간이 소유하고 있는 원초적인 욕구이다. 경배한다는 말은 나보다 큰 존재 앞에 고개를 숙인다는 뜻이다. 우리는 신 앞에서뿐 아니라 미와 진리와 선 안에서도 나보다 큰 존재를 발견하기도 한다. 나의 내면이 완전히 사로잡히게 되면 나 자신에게 집중하고 자신을 돌아보는 일을 잊게 된다. 그 순간부터 나는 그냥 존재하게 된다. 우리가 어떤 대상을 경배할 때 바로 이와 같이 순수하게 존재함으로써 궁극적으로 신을 경험하게 되는 것이다. 사람은 누구나 내면 깊은 곳에서부터 순수한 존재이고 싶어한다. 여행 중 발견한 작은 벤치에 앉아 아름다운 풍경을 바라보다 보면 자연과 주변의 모든 것들과 나 자신이 하나가 된다는 느낌을 받을 때가 있다. 그 순간 누군가에게 내가 바라보고 있는 풍경에 대해 이야기를 해야 한다는 압박으로부터, 그리고 지금 이 순간 아무것도 하지 않고 아무 생각 없이, 그저 조용히 풍경을 바라보고 있다는 사실을 합리화해야 한다는 압박으로부터 자유를 느낄 수 있게 된다. 그 순간 나는 그냥 존재할 뿐이다. 경배한다는 말은 사실 신 앞에, 그리고 신 안에 존재하면서 다른 것을 생각하지 않고 오로지 신만 생각하는 것을 말한다.

이렇게 어떤 대상을 경배하는 중에는 나에게 뭔가를 원하는 사람들과의 부담스러운 관계 또는 나를 짓눌렀던 걱정과 근심에서 벗어나게 된다. 나 자신을 잊어버리면서 점점 평온함을 느끼게 된다. 복잡한 생각과 감정들이 일으켰던 소음이 잦아들게 된다. 나는 결국 궁극적으로 도달하고자 했던 그곳에 도달하게 되는 것이다. 오래도록 헤매다가 다시 제자리를 찾게 되는 것이다. 제자리를 찾는다는 것은 신의 비밀 앞에 무릎을 꿇는 것을 말한다. 경배는 제자리 즉, 고향으로의 회귀를 뜻하기도 한다. 신의 비밀 앞에 무릎을 꿇는 순간 우리는 자신의 자리, 자신의 고향에 도달하게 된다. 그 순간 우리의 영혼은 평온함을 느끼게 되며, 우리의 가장 근본적인 그리움이 충족되며, 우리가 드높일 수 있는 대상을 발견하게 된다. 인간은 자신의 모든 에너지를 한데 모아주고, 모든 그리움과 욕구를 충족해줄 수 있는 그 무엇인가를 평생 찾아다니는 존재다.

경배는 머리 속에서 일어나는 일이 아니라 온몸으로 하는 행위다. 경배는 원래 '부복례' 또는 '엎드림' (라틴어로 'prostratio') 즉, 신 앞에서 바닥에 몸을 대고 엎드리는 행위에서부터 출발하였다. 그러나 우리는 고개를 숙이거나 자리에 앉아서 손을 높이 들어 신을 경배할 수도 있다. 경배하는 순간 나의 모든 에너지는 경배하는 행위에 집중하게 된다. 경배를 나타내는 이런 행위는 영혼이 평온해질 수 있고 생각과 마음이 집중될 수 있고 신을 향할 수 있도록 돕는다. 경배는 전적으로 신을 바라보는 것, 내 안에서 더 이상 신의 접근조차 허용하지 않았던 나만의 사적인 공간이 사라지는 것을 말한다. 신이 접근할 수 없는 그런 공간은 스스로도 접근할 수 없는 공간이 되기 마련이다. 어떤 사람들은 폐쇄된 수많은 방들을 갖고 살아간다. 그들은 제한된 삶을 산다. 그들의 삶은 제한된 몇 개의 방 안에서만 이루어진다. 신을 경배하는 중 경험하게 되는 신과의 만남을 통해 모든 방의 문이 열리고, 생명력을 불어 넣어주시는 신의 사랑스러운 시선이 모든 방을 채우게 된다.

경배는 세상을 바꾸어 줄만한 삶의 태도로 보이지 않을 수 있다. 그러나 경배는 나를 완전히 잊을 수 있게 해주며, 세상을 다른 눈으로 바라보게 해주는 방법이다. 가톨릭교회의 전통 중 하나인 성만찬이 이를 입증해준다. 성만찬 시 우리는 그리스도의 몸을 상징하는 성체를 바라보며 그리스도를 발견하게 된다. 성체를 바라보는 우리는 새로운 눈으로 세상을 바라보게 된다. 바로 그리스도로 충만한 세상을 보게 되는 것이다. 프랑스 출신의 예수회 신부이자 자연과학자였던 테야르 드 샤르댕은 이 원리를 아주 간결하고 독특하게 설명했다. "어느 날 작은 마을의 한 교회에서 성체현시기 안에 담긴 성체를 바라보다가 성체가 마치 기름방울처럼 주변으로 펴져나가는 것 같다는 생각을 했다. 기름방울보다 더 빠른 속도로 그리고 더 가볍게 말이다. 처음에는 나 혼자만 그렇게 생각한 게 아닌가 했다. 성체는 보는 이의 마음속에 아무런 생각이나 바람을 일으키지 않고, 그 어떤 제약이나 장애 없이 퍼져나갔다. … 성체의 흰 살결은 깨달음이나 고통을 연상시키는 깊은 한숨을 내쉬는 나를 휘감고 마침내 세상의 삼라만상을 껴안았다." 테야르는 성체가 발산하는 빛이 세상의 모든 것들을 밝히고, 세상의 모든 것들을 예수 그리스도의 사랑으로 채운다는 사실을 깨달았다. 그는 성체 앞에서 조용히 그리고 외롭게 기도하는 그 순간이 세상과 단절되는 순간이 아니라, 세상을 바꾸는 순간이자 우리 주변의 모든 것들에 생명력을 불어넣는 순간이라고 설명하였다.

인간의 본능적인 행위인 경배는 신과 인간 사이의 관계 속에서만 이루어지는 행위가 아니다. 경배는 나 자신과의 관계, 다른 사람과의 관계 그리고 세상과의 관계를 바꾸고 새롭게 규정하는 행위이기도 하다. 경배는 모든 것을 원래의 모습 그대로 인정하는 자세를 말하기도 한다. 신을 신으로, 사람을 사람으로, 자연을 자연으로 인정하는 것이 경배다. 바라보는 대상을 평가하거나 변화시키려는 시도를 애초부터 하지 않는 것이 경배다. 인간을 인간으로서 인정한다는 것은 인간이 자기 본연의 모습으로 성장하고 발전하도록 허용하는 것이기도 하다. 자연을 자연으로서 인정하게 되면 자연은 만개하며 인간에게 축복이 된다. 매사에 이유와 이득을 따지고 돈의 횡포에 휘둘리는 현대인에게 경배는 꼭 필요한 삶의 태도다. 경배는 나 자신으로부터 그리고 뭐든지 이용하려고 하는 욕심으로부터 자유를 찾게 해주는 태도다. 내면의 자유를 만끽하며 인간과 세상을 대한다면 단지 삶의 방식이 바뀌는 것으로 그치지 않고, 나 주위의 모든 것들이 꽃이 되어 피어나는 것을 경험하게 될 것이다.

바른
태도

●

'바르다'는 말은 일차적으로 자세가 바르다는 의미다. 바른 자세는 몸이 구부러지지 않고 올곧은 상태를 말한다. 사람은 동물과 다르게 바른 자세로 서서 걷는다. 직립보행을 가능케 하는 바른 자세는 인간을 동물들과 구별해주며 존엄한 존재로 만들어 준다. 그래서 최초의 인류를 '똑바로 선'의 뜻을 가진 라틴어 '에렉투스'를 사용하여 '호모에렉투스(Homo erectus)'라고 부른다. 사람은 원숭이와 다르게 바르게 서서 두 다리만을 이용하여 걷기 때문이다. 바른 자세로 살아간다는 것은 세상을 인식하는 방식도 다르다는 것을 의미한다.

루카복음서에는 "허리가 굽어 몸을 조금도 펼 수 없는"루카복음 13장 11절 여자에 관한 이야기가 나온다. 예수님은 그녀를 바라보고 대화를 나누면서 구원과 자유를 약속해주신다. 예수님이 손을 얹자 그녀는 "즉시 똑바로 일어서서 하느님을 찬양하였다."루카복음 13장 13절 나는 이 이야기를 생각하면서 내 세미나에 참석한 참가자들과 바르게 서는 연습을 종종 하곤 한다. 연습은 이렇게 진행된다. 먼저 바른 자세로 선다. 허리를 세우고 똑바로 서면 마치 나무가 된 듯한 기분이 든다. 뿌리는 땅속에 단단히 고정되어 있지만, 머리는 하늘을 향해 뻗어 있다. 몸은 하늘과 땅과 맞닿아 있다. 이번에는 허리를 숙이고 몸을 구부린 채 걷는다. 그런 다음 다시 몸을 천천히 일으켜 세운다. 바른 자세와 구부린 자세의 차이를 느껴 본다. 몸을 구부린 채 걸을 때에는 사람들의 얼굴을 제대로 볼 수가 없다. 사람들의 신발만 보일 뿐이다. 호흡이 짓눌려 목소리도 제대로 나오지 않는다. 허리를 펴고 바르게 서야만 사람들과 서로 눈을 마주치며 웃을 수 있다. 바르게 서야만 우리의 존엄성과 자유를 회복할 수 있다. 예수님은 안식일에 허리가 굽은 여자를 고쳐 주셨다. 그녀의 존엄성, 즉 신이 창조하신 본연의 모습을 회복시켜 주셨다.

복음서에서 몸을 바르게 일으켜 세우는 행위는 항상 예수님의 부활과 연결된다. 마르코의 복음서는 악령 때문에 발작을 일으켜 땅에 넘어진 아이를 예수님이 치유하는 사건을 다음과 같이 묘사한다. "예수께서 아이의 손을 잡아 일으키시자 그 아이는 벌떡 일어났다."마르코복음 9장 27절 신약성경의 그리스어 원문에는 '깨우다'와 '일으키다'를 의미하는 '에게이레'라는 단어가 사용된다. 땅에 넘어진 아이는 바닥에 누워 있었다. 우리는 잘 때 대부분 누워서 잔다. 몸을 일으켜 일어나기 위해서는 우선 잠에서 깨어나야 한다. '일어나다'를 의미하는 그리스어 '아네스티'와 라틴어 '수르렉시트'는 성경에서 부활을 이야기할 때 사용되는 단어들이다. 바른 자세와 부활은 연결되는 개념이다. 예수님은 몸소 죽음에서 부활하시므로 우리를 일으켜 주셨고, 우리가 바른 자세로 인생의 길을 걸어갈 수 있게 하셨다.

'바르게 사는 사람'을 이야기할 때의 '바르게'는 다른 측면의 의미도 갖는다. 바르게 사는 사람은 용기 있는 사람이다. 삶 앞에, 문제 앞에 용기 있게 서는 사람이다. 다른 사람들이 비난을 해도 올곧게 바로 서며, 두려움 없이 대적들에 맞서는 사람이다. 거짓이 없고 생각과 뜻이 바르기 때문에 그럴 수 있는 것이다. 나다나엘은 예수님이 바른 사람이라고 인정한 사람이다. "저 사람이야말로 참으로 이스라엘 사람이다. 저 사람은 거짓이 없다."요한복음 1장 47절

바른 사람은 숨길 것이 없기 때문에 있는 그대로의 모습으

로 상대방을 대한다. 상대보다 높은 체하려 하지 않는다. 그래서 상대방까지 바로 설 수 있게 한다. 사람들은 바른 사람 앞에서 움츠러들거나 굽실거리지 않는다. 바른 사람을 대할 때에는 몸을 일으켜 세우고 바른 자세로 상대를 대하게 된다. 바른 통치자 앞에서 사람들은 자리에서 일어나 몸을 바로 일으켜 세우고 그에게 존경을 표하면서 동시에 자신의 존엄성을 느낀다. 하지만 콧대만 세우는 거만한 왕은 사람들을 움츠러들게 만든다. 사람들은 그의 거만함으로부터 자신을 보호하기 위해 몸을 움츠리게 된다.

바르다는 것은 솔직하고 정직하다는 것을 의미하기도 한다. 우리는 바른 사람을 만나면 마음이 편안하다. 바른 사람은 나를 속이지 않을 것이라는 믿음이 있기 때문이다. 이러한 관계에서는 나의 존엄성도 회복된다. 그래서 나도 상대방을 바르게 대하게 된다. 이러한 만남은 선물과도 같다. 서로를 바르고 건강하게 만들어 주기 때문이다.

바른 태도가 갖는 또 하나의 중요한 속성은 당당함이다. 바른 사람은 실패 앞에서도 자신을 굽히지 않는다. 전쟁에서 패했더라도 고개를 들고 당당히 집으로 돌아간다. 아프다고 해서 바른 태도를 잃지 않는다. 직장을 잃어도, 어떠한 상황을 만

나도 삶을 당당히 살아나간다. 바른 사람은 불행, 실패, 상처를
만나도 자신의 존엄성을 지키며 당당하게 살아가는 사람이다.

진정성 있는
태도

●

"밤낮으로 항상 당신을 다른 사람으로 만들기 위해 최선을 다하는 세상에서 원래의 당신으로 살아간다는 것은 인간으로서 치러야 할 가장 힘겨운 싸움이다." 미국의 작가 에드워드 커밍스의 말이다. 커밍스의 이 말은 대세에 순응하거나 다른 이들의 기대에 맞춰 사는 것이 아니라, '본연의 나'이자 '진정성 있는 나'로 살아가는 게 얼마나 어려운 일인지 잘 보여 준다. '진정성 있는'이라는 단어의 그리스어 어원은 '자기 손으로 작성한'이라는 뜻을 지닌다. 진정성 있는 글은 남의 것을 베껴 쓴 글이 아니라 작가가 자신의 생각을 적은 글이다. 진정성은 삶의 태도로서, 사람이 살아가는 자세를 가리키기도 한다. 진정성 있는 사람은 언행이 일치하는 사람이다. 그러나 이는 진정성 있는 사람의 외형적 특징에 불과하다. 진정성 있는 사람은 말과 행동

그리고 풍기는 분위기 등에 이르기까지 모든 것이 조화를 이루는 사람이며, 다른 사람을 대할 때 본연의 모습 그대로를 보여주는 사람을 말한다. 진정성 있는 사람의 말은 그 사람의 태도와 모습과도 일치한다.

심리상담사인 한스 옐루셰크에 따르면 진정성의 미덕은 경우에 따라 '진정성의 폭정'으로 변하기도 한다. 다시 말해 진정성 있는 사람이 되어야 한다는 강박에 시달리는 경우가 있다는 것이다. "나는 진정한 나로 살아야 한다. 절대로 타협해서는 안 된다. 오늘만큼은 상대방의 제안을 그냥 받아들일 수 없다. 나는 그 무엇과도 타협할 수 없는 기분이기 때문이다." 어떤 사람들은 진정성을 절대화시킨다. 그러나 그것은 진정성에 대해 제대로 이해하지 못한 사람들의 실수다. 진정성 있는 나로 살아가기 위해서 나를 방어해야 할 때도 있다. 문제는 '나'와 '나의 감정'을 혼돈하는 경우다. 즉흥적이고 순간적인 기분을 객관적으로 바라보고, 그 기분과 나를 분리할 수 있는 사람만이 진정한 나를 찾고 지킬 수 있다. 그런 사람만이 감정의 지배를 받지 않을 수 있기 때문이다. 자신의 감정으로부터 자유로운 사람은 진정성이라는 단어의 어원이 갖는 뜻처럼 자기 손으로 자신의 인생을 써 내려갈 수 있게 된다. 진정성 있는 사람은 타인이나 자신의 감정에 휘둘리지 않게 된다.

나는 진정성이 또 다른 의미도 내포하고 있다고 본다. 내가 진정한 나로 살아가고 있다면, 굳이 무언가를 입증하거나 합리화할 필요가 없다. 나 자신에게든 다른 사람에게든 증거를 들이밀어야 할 이유가 없다. 왜냐하면 진정성은 그냥 존재한다는 의미를 갖기 때문이다. 내가 존재하는 것, 순수하게 존재하는 것만으로 사실 나는 진정성을 갖는 것이다.

그런데 우리 주변을 둘러보면 '그냥 존재하는 것'을 어려워하는 사람들이 있다. 산책을 하다가 벤치에 앉아 쉬는 순간까지도 자기 자신에게 그 순간 휴식이 꼭 필요하다는 것을 정당화해야만 편안해지는 사람들이 있다. 다른 사람들에게는 산책이 얼마나 유익했는지 떠들어대면서 자신은 산책한 것에 대한 이유나 의미를 찾는 사람들이다. 그런 사람들은 자신이 뭔가를 누릴 권리가 있다는 사실을 받아들이기 위해 수많은 근거를 필요로 하는 사람들이다. 그들은 그냥 존재하지 못하는 사람들이다. 그들은 산책을 하다가 벤치에 앉아 휴식을 취하는 그 순간조차 즐기지 못하는 사람들이다. 그냥 존재하는 사람, 나를 판단하고 평가하고 정당화하지 않고 그저 존재하는 사람만이 신의 일부가 될 수가 있다. 신은 순수한 존재이기 때문이다. 신이야말로 그냥 계신다. 그렇기 때문에 그냥 존재하는 순간에야 비로소 신이 어떤 분인지 짐작할 수 있게 된다. 순수하게 존재하는 순간, 우리는 신을 경험하게 되는 것이다.

진정성 있는 나를 회복하게 되면 다른 사람들이 나에게 강요했던 모든 모습들을 벗어던질 수 있게 된다. 다른 사람들의 기대로부터 자유로워진다는 말이다. 어떤 기대를 충족해야 한다는 압박으로부터 해방된다는 말이다. 더 나아가 '나는 틀렸어. 누가 나를 참아주겠어. 나는 재미 없는 사람이야. 나는 특별히 잘하는 게 없어. 다른 사람들이 나보다 훨씬 나아.'와 같은 자기비판과 자기비하로부터도 자유로워질 수 있게 된다. 물론 자신이 항상 완벽하고 유쾌하고 멋지고 성공한 사람, 뭐든지 통제할 수 있고 매사를 긍정적으로 바라보는 사람이라는 식의 지나친 기대감이나 자신에 대한 과대평가로부터도 자유로워질 수 있게 된다. 나는 아무것도 하지 않아도 된다. 나는 그냥 존재하기만 하면 된다. 그것으로 충분하다. 그렇기 때문에 진정성을 찾는 일은 일종의 영적 체험이기도 하다. 그리고 이러한 영적 체험 없이는 다른 사람에게 진정성 있는 사람으로 인정받을 수 없다. 진정성 있는 사람은 다른 사람과의 관계 속에서 내 자신을 잘 포장하고 좋은 모습을 보여야 한다는 압박감을 느끼지 않는다. 진정성 있는 사람은 그냥 사람들과의 관계 속에 놓여 있을 뿐이다. 다른 사람들의 이야기를 들어주고, 이야기를 하고 싶은 순간에는 나의 이야기를 들려준다. 자신이 설정한 역할을 수행하거나 어떤 배역을 연기할 필요가 없다. **진정성 있는 사람은 아무런 제약 없이 자유롭게 자신의 손으로 자신의 삶을 써 내려가는 사람이다.**

자비로운 태도

세계적인 인터넷 종합 쇼핑몰 '아마존'을 창립한 제프 베조스의 저서를 보면, 세계에서 가장 긴 강의 이름이 회사명으로 채택되기 전 '릴렌트리스 닷컴(relentless.com)'이 회사명 후보로 올랐었다고 한다. '무자비한', '냉혹한'의 뜻을 가진 단어 '릴렌트리스'를 모토로 최대한의 경제성을 추구하고자 한 것이다. 회사들은 직원들에게 혹독하게 일을 시키고, 최대한 저렴한 가격으로 최대한 많은 고객을 확보하여 경쟁사들을 물리치는 것을 목표로 삼는다. 무자비함이 성공의 비결인 시대이다. 오늘날의 세계는 치열한 경쟁으로 사람들 간의 따뜻함이 사라져 가고 있는 것이 현실이다. 이런 현상은 경제 분야만의 이야기가 아니다. 언론과 대중은 누군가가 실수를 하면 그 사람을 표적으로 삼고 무자비한 공격을 가한다. 사람들은 자기 자신을 비판과 비난의 표적으로 삼기도 한다. 자기 자신에 대해 자비롭지 못한 사람들이다. 이러한 사람들은 실수를 하는 자신의 모습을 용납하지 못하고 스스로의 마음에 상처를 내며 사랑을 잃어 간다. 자비로운 태도는 타인뿐 아니라 내 안의 나, 가난하고 부족하며 상처 받은 외로운 나를 사랑하는 것이다. 오늘날 우리는 사랑으로 가득한 자비로운 마음을 절실히 필요로 한다. 자비로움은 우리의 삶을 행복하게 만들어 줄 뿐 아니라 우리 사회의 분위기를 바꿀 수 있는 중요한 삶의 태도이다.

성경은 예수님의 자비로운 태도를 잘 보여 준다. 예수님은 자신의 삶을 통해 자비로움을 보여 주셨다. 그리고 우리에게도 자비롭게 살 것을 요구하신다. 예수님은 호세아서의 말씀을 인용하여 "내가 바라는 것은 희생 제물이 아니라 자비" 마태오복음 9장 13절라고 말씀하신다. 예수님은 우리가 자신과 타인 모두에게 자비로운 마음을 갖기 원하신다. 예수님은 우리가 신을 기쁘게 하기 위해 스스로를 고통스럽게 희생시키기를 원하지 않으신다. 마찬가지로 우리가 다른 사람에게 희생을 강요하는 것도 원하지 않으신다. 예수님은 세리와 죄인과 함께 식사하심으로써 자비로움을 보여 주셨고 이러한 자비로움을 우리에게서도 원하신다.

안식일에 배가 고파서 밀 이삭을 뜯어먹는 예수님의 제자들을 비난하는 바리새인들에게도 예수님은 이 말씀을 하신다. 배고픈 것보다 안식일의 율법을 더 중요하게 생각하는 바리새인들에게 예수님은 자비로움을 말씀하신다. 우리는 자기 자신을 비롯하여 모든 사람들에 대해 자비로울 수 있어야 한다. 율법을 지키는 것도 중요하지만, 율법으로 자신을 얽매며 스스로를 고통스럽게 하는 것은 신의 뜻이 아니다. 예수님은 안식일의 율법을 지키는 것보다 사람들이 신의 은총을 만끽하는 것을 더 중요하게 여기셨다.

루카복음은 예수님의 산상수훈을 한 문장으로 요약한다. "너희 아버지께서 자비하신 것처럼 너희도 자비로운 사람이 되어라." 루카복음 6장 36절 자비는 자신의 사랑하는 아들을 내어주신 신의 모습이다. 우리는 자비로운 삶을 훈련함으로써 신을 닮아 가고 신과 가까워질 수 있다. 루카는 '이크티르몬'이라는 그리스어를 사용했다. 이 단어는 사랑의 마음으로 '공감'하는 것을 의미한다. 공감하는 마음은 불교에서도 중요시하는 덕목인데, 불교에서는 사람들뿐 아니라 식물과 동물에 이르는 모든 자연에 대한 공감을 추구한다. 우리는 공감하는 마음을 통하여 모든 창조물과 깊이 교감할 수 있다.

성경에서 자비를 표현하는 세 단어가 있다. 첫째, 구약에서는 어머니의 마음을 뜻하는 '라하밈'이라는 히브리어가 사용된다. '어머니의 자궁'을 뜻하는 '레헴'에 기원을 둔 이 단어는 자식을 판단하지 않고 있는 모습 그대로를 사랑하며 성장하도록 돕는 어머니의 마음을 의미한다. 우리는 자기 자신에 대해서도 이러한 마음을 가질 수 있어야 한다. 상처 받은 나의 마음을 어머니의 마음으로 감싸야 한다. 내가 원하는 모습으로 살지 못하는 자신의 부족함을 끊임없이 비판하는 내 안의 적을 물리쳐야 한다. 그러면 다른 사람에 대하여 평가하는 습관도 버릴 수 있게 된다. 주변 사람들을 어머니의 마음으로 대하고 그들의 삶에 유익을 끼치는 사람이 될 수 있다.

둘째, '헤세드'라는 히브리어가 있다. 이 단어는 자비로운 태도뿐 아니라 자비로운 태도의 결과인 행동의 의미까지 포함하는 그리스어 '엘레오스'로 번역된다. 기독교는 성경의 모범을 따라 굶주린 사람에게 먹을 것을 주고, 헐벗은 사람에게 옷을 주며, 집이 없는 사람을 구제하는 등의 일곱 가지 자비로운 행동을 추구해 오고 있다. '엘레오스'는 이러한 자비로운 행동의 사회적인 측면도 강조한다. 점점 자비를 잃어 가는 사회에서 우리는 기독교인으로서 자비로운 사회를 만들기 위해 노력해야 한다. 오늘날의 사회는 끊임없이 희생자들을 만들어 내고 있다. 사람들은 하나의 목표물을 정하고, 그 목표물에 모든 책임과 죄를 전가하며 그 사람이 무너질 때까지 공격을 퍼붓는다. 성경이 말하는 자비로운 태도가 절실하게 필요한 사회이다.

셋째는 자비심, 동정심을 뜻하는 그리스어 '스플랑크니조마이'다. 이것은 '창자'를 의미하는 '스플랑크논'이라는 단어에서 유래한 것으로, 여기서 '창자'는 민감한 감정들이 머무는 좌소로서의 공간, 즉 마음을 의미한다. 신약에서는 복음서에서만 등장하는데, 예수님에 대한 표현으로서만 사용된다. 예수님의 행동이 보여 주는 신성함을 설명할 때 쓰인다. 사람의 행동과 관련해서는 비유에서만 등장한다. 되찾은 아들의 비유루카복음 15장 20절에서 아버지는 재산을 탕진하고 돌아온 작은아들의 모습을 보고 가엾어 한다. 이때 아버지의 마음이 이 단어로 표현되는데, 이 비유에서 아버지의 마음은 실수를 하는 연약한 우리를 사랑으로 감싸주시는 신의 마음을 비유한 것이다.

신의 자비로운 마음을 우리의 태도에 적용한다면, 우리는 먼저 나 자신에 대해 자비로울 수 있어야 한다. 나 자신을 대할 때, 나의 상처와 아픔을 대할 때, 나의 연약한 자아를 대할 때 자비로운 마음이 필요하다. 나의 상처와 마주할 때 나의 상처를 객관적인 눈으로 파헤치는 것이 아니라 사랑의 시선으로 공감하는 마음이 필요하다. 나의 실수와 약점에 대해 분노하는 것이 아니라 나의 약함을 인정하고 용납해야 한다. 그럴 때 나의 약한 모습도 변화될 수 있다. 신의 마음을 갖는다는 것은 또한 내 마음에 다른 사람들을 위한 공간을 마련하는 것을 의미한다. 사람들이 신의 자비로움을 만나고 상처를 치유 받을 수 있는 마음의 공간을 마련하는 것이다.

'자비'를 뜻하는 독일어 단어 'Barmherzigkeit'는 '가난한(arm)' 자에 대한 '사랑의 마음(Herz)'을 의미한다. '가난하다'는 의지할 곳이 없고 외롭고 힘들며, 불행한 상태를 뜻한다. 자비롭다는 것은 우선 내 안에 있는 외롭고 불행한 '가난한 나', 실패와 좌절을 겪고 있는 '가난한 나'를 사랑으로 대하는 것을 의미한다. 보고 싶지 않은 모습, 버리고 싶은 나의 약한 부분을 외면하지 않는 것이다. 또한 자기 자신과의 자비로운 관계를 잃어버린 주변의 '가난한' 사람들을 사랑으로 대하는 것을 의미한다. 내가 그들을 사랑으로 대할 때 그들도 자기 자신에 대한 사랑을 회복할 수 있다.

예수님은 계속해서 우리에게 말씀하신다. "내가 바라는 것은 자비다." 우리는 이 세상을 사는 동안 계속해서 예수님을 본

받는 훈련을 하며, 삶의 모든 상황에서 예수님의 자비로운 태도를 연습해야 한다. 이러한 삶을 통하여 우리는 주변 환경을 사랑으로 채우고 더 나아가 자비로운 사회를 만드는 데 기여할 수 있게 된다.

열광하는 태도

사람들은 좋은 영화, 강연, 아름다운 경치에 열광한다. 또한 자신을 매료시킬 수 있는 사람에게 열광한다. 매사에 열광하는 그런 사람들도 있다. 그런가 하면 그 무엇에도 열광하지 않는 사람들도 있다. 마치 아무런 감정이 없는 사람들 같다. 그 무엇도 좋아하고 즐거워하지 못하는 사람들이다.

'열광시킨다'는 말은 독일어로 'begeistern'이라고 하며 'Geist' 즉, '영혼'이나 '정신'이라는 단어에서 파생하였다. 'Geist'의 어원을 살펴보면 '흥분된, 격분한, 소름이 끼친'이라는 뜻을 갖는다. 과거 게르만인들에게 'Geist'는 그들을 흥분시키는 존재였다. 'Geist'는 사람들에게 공포스러운 존재이기도 했다. 여전히 많은 사람들은 '귀신'을 가리키면서 'Geist'라고 말하기도 한다. 물론 기독교의 확산 이후 'Geist'는 긍정적인 이미지를 갖는 단어로 정착하였다. 무엇보다도 성령의 존재 때문이다. 영혼은 인간에게 가장 핵심적이고 귀중한 부분이다. 인간은 영적인 존재다. 그리고 자유롭게 생각할 수 있는 존재다.

우리는 열광할 줄 아는 사람들을 좋아한다. 우리는 우리가 준비한 파티에 열광하는 사람에게 전염되어 우리 역시 열광하게 된다. 그리고 감사함을 느끼게 된다. 반대로 매사에 덤덤한 사람을 파티에 초대했다면 그 사람을 어떻게 대해야 할지 난감할 것이다. 그런 사람은 파티 분위기를 흐릴 수 있다. 그런 사람은 무관심, 무반응을 자기 주변에 퍼뜨리곤 한다. 별짓을 다 해도 그 사람만의 어두운 구석에서 그를 꾀어내기 어렵다. 등산을 하고 온 사람이 산행에 열광하면서 자신의 경험을 들려준다면 우리는 그와 함께 즐거움을 만끽하게 된다. 다시 말해 열광하면서 무언가를 이야기하는 사람은 생동감 넘치는 분위기를 퍼뜨리며 사람들의 공감을 산다.

그러나 열광에 따르는 위험도 간과해서는 안 된다. 별것 아닌 것에도 쉽게 열광하는 사람들이 있다. 대개 그런 사람들은 금방 열정과 관심을 잃어버리기도 한다. 마음을 사로잡은 책이나 명상법에 소위 말해 '꽂혀' 열광하다가도 얼마 지나지 않아 자신이 그랬다는 사실조차 잊어버릴 만큼 무관심해지는 그런 사람들 말이다. 그런 사람들은 금방 또 새로운 무언가에 열광하기 시작한다. 물론 이 역시 오래가지는 못한다. 나는 수도사가 되겠다고 결심하고 수도원에서의 삶에 열광하며 수도원에 들어왔다가 한 3년쯤 지난 후에 다시 수도원을 떠나는 수많은 젊은이들을 봤다. 수도사의 삶에 열광하던 청년들은 금방 여인에게 마음을 빼앗기고 만다. 수도사의 삶에 대한 열정이 고스란히 여인을 향하게 되는 것이다. 그렇다고 여인을 향한 열정이 오래가는 것도 아니다.

예수님은 금방 열광했다가 식어버리는 사람들에 대해 씨 뿌리는 사람의 비유에서 설명한 적이 있다. 예수님은 땅에 뿌려진 씨의 일부가 돌밭에 떨어진다고 설명하셨다. "돌밭에 뿌려진 씨는 이러한 사람이다. 그는 말씀을 들으면 곧 기쁘게 받는다. 그러나 그 사람 안에 뿌리가 없어서 오래가지 못한다. 그래서 말씀 때문에 환난이나 박해가 일어나면 그는 곧 걸려 넘어지고 만다." 마태오복음 13장 20-21절 예수님은 종교적으로 금방 열광하는 사람들을 말씀하신 것이다. 그들의 문제는 뿌리가 없어 신앙이 깊이 자리잡지 못하고 일시적으로 감정을 동요시킬 뿐이라는 것이다. 감정만 동요하는 정도의 신앙심은 결국 오래가지 못한다.

열광시킨다는 말은 사실 영혼을 충만하게 채운다는 뜻이다. 기독교인이라면 아마도 성령으로 충만해지는 현상을 떠올릴 것이다. 오순절•에 성령이 제자들에게 임하셔서 제자들이 다른 언어로 말하게 된 사건을 떠올릴 것이다. 이에 대한 당시 목격자들의 반응에 대해 루카는 다음과 같이 기록하였다. "그들은 모두 놀라워하고 어쩔 줄 몰라하며, '도대체 어찌 된 영문인가?' 하고 서로 말하였다. 그러나 더러는 '새 포도주에 취했군.' 하며 비웃었다." 사도행전 2장 12-13절 베드로는 이러한 사람들을 향해 제자들이 취하지 않았고 요엘 예언자를 통하여 하신 다음과 같은 말씀이 이루어진 것이라고 설명하였다. "마지막 날에 나는 모든 사람에게 내 영을 부어주리라." 사도행전 2장 17절 = 요엘 3장 1절 성령은 사람들의 일상생활도 변화시킨다. 성령을 통해 경험하게 되는 열광과 충만함은 우리의 일상의 변화를 통해서만 드러난다.

열광이나 열정 없는 인생은 무미건조한 인생이다. 열광할 수 있는 태도 덕분에 우리는 단조로운 일상에서 벗어나게 되는 것이다. 인간은 열광할 수 있는 순간들을 필요로 한다. 열광은 삶

• 오순절 예수 부활 대축일 이후 50일째 되는 날.

의 행복이나 즐거움을 제공하는 샘과 같다. 우리는 새로운 에너지, 새로운 열정으로 우리의 삶을 살아가기 위해 열광의 순간들에 우리 자신을 내맡길 줄 알아야 한다.

끈기 있는 태도

우리의 일상생활은 끈기와 거리가 멀다. 텔레비전의 채널은 수시로 돌아가고, 직장에서도 모든 것이 빠르고 즉각적으로 이루어져야 한다. 사람들은 조금만 힘들면 바로 다른 길을 선택한다. 우리는 왜 평온하게 살지 못하는가?

끈기는 요즘 시대에 어울리지 않는, 사라져 가는 덕목이 되었다. 의무적이고 강박적인 수고로움이 연상되는 단어라서 그런 모양이다. 이러한 수고로움을 원하는 사람은 아무도 없을 것이다. 인간은 누구나 자신을 틀에 가두지 않고 편하게 살고 싶어한다. 우리에게 앞으로 어떠한 일들이 닥칠지 알 수 없으므로, 지금 당장 누릴 수 있는 것들을 마음껏 누리고자 한다.

끈기는 여러 가지 측면의 의미를 갖는다. 하나의 것을 고수한다는 의미도 내포하며, 참을성 있게 기다린다는 의미도 포함한다. 끈기는 신의나 인내와 연결되는 개념이기도 하다. 삶의 덕목으로서의 끈기는 자기 주장을 무조건 고수하는 것과는 다른 개념이다. 끈기는 내가 하는 일을 계속해 나가는 것을 의미한다. 힘들다고 그만두는 것이 아니라, 인내하며 지속하는 것이다. 지금 당장 현실적인 만족감이 없더라도 나의 신앙생활을 열심히 지속해 나가는 것이다. 끈기는 또한 관계를 계속해서 유지해 나가는 것을 의미하기도 한다. 갈등이나 어려움이 생겨도 관계를 지속해 가는 것이다. 교사는 학생이 좋은 성과를 내지 못하더라도, 성직자는 예배에 참석하는 성도의 수가 줄어도 끈기 있게 관계를 유지하며 자신의 일을 해 나가야 한다. 끈기가 있다는 것은 인내와 노력을 통하여 나 자신이, 다른 사람이, 그리고 나와 다른 사람과의 관계가 변할 수 있다는 희망을 갖는 것이다.

성경은 끈기를 강조한다. '끈기'를 뜻하는 그리스어 '이포모니'는 '아래'를 뜻하는 '이포'와 '머물다'를 뜻하는 '메노'로 구성되어 '아래에 머물다'라는 의미를 갖는다. 내가 선택한 책임 아래에 머무는 것이 끈기 있는 태도이다. 또한 외부로부터 나에게 주어지는 책임이나 상황 아래에 머무는 것이다. 단순히 나의 일을 지속하고 무엇인가를 기다리는 태도가 아니라, 위기나 갈등 상황에서도 나의 삶을 포기하지 않고 끝까지 살아 나가는 것을 의미한다.

예수님은 "끝까지 견디어 내는 이는 구원을 받을 것"마르코복음 13장 13절, 마태오복음 10장 22절과 24장 13절이라고 세 번이나 말씀하시며 끈기를 강조하신다. 고난을 겪게 될 제자들에게 하신 말씀이다. 여기서 고난은 사람들 간의 갈등을 말한다. 사람들이 서로를 대적하고 속이는 상황에서 필요한 것이 끈기이다. 고난의 상황에서 우리는 불의에 굴복하지 않고 굳건하게 나를 지켜 나가야 한다. 고난이 지나가리라는 희망을 가지고 나에게 닥친 상황을 견뎌야 한다. 견디어 내면 구원을 받는다는 예수님의 말씀을 믿고 나가야 한다. '구원을 받는다'는 것은 '나의 삶이 성공하리라는 것'을 의미한다.

예수님은 또한 말세에 닥칠 재난을 이야기하시면서 끈기를 강조하신다. "말세에는 전쟁, 기근, 지진이 일어날 것이며 거짓 예언자들이 나타날 것이다."마태오복음 24장 이러한 시기가 정확히 언제인지는 규정할 수 없다. 하지만 분명한 것은, 우리가 사는 모든 순간은 말세를 향하여 가는 과정이다. 이 세상은 끝을 향하여 가고 있다. 시간뿐 아니라 그 힘과 가능성이 한정되어 있는 것이 세상이다. 그렇기 때문에 예수님은 말씀하신다. "끝까지 견디어 내는 이는 구원을 받을 것이다."마태오복음 24장 13절 견디는 것은 예수님의 은총 아래, 신과의 관계 아래 머무는 것을 말한다. 그럴 때 세상의 종말도 우리를 무너뜨릴 수 없다. 다시 말해 신을 끈기 있게 의지하면 우리 주변의 것들이 무너져도, 일자리를 잃어도, 인간 관계가 깨어져도, 건강이 약해져도 나는 무너지지 않는다.

루카복음은 예수님의 이 말씀을 조금 다르게 표현하고 있다. "너희는 인내로써 생명을 얻어라."루카복음 21장 19절 끈기 있게 견디고 인내하면 영혼이 산다는 것이다. 가족들로부터 고난을 당하고 사람들로부터 미움을 받는 상황에 대하여 예수님이 하신 말씀이다. 외부로부터의 공격을 인내와 끈기로 견디면 나의 영혼은 안전하다. 그 공격이 나의 영혼을 훼손하지는 못한다.

히브리인들에게 보낸 서간은 "시련을 훈육으로 여겨 견디어 내라."12장 7절고 말한다. 시련을 끈기로 견디어 내면 그것이 나를 성장시키는 과정이 된다. 시련을 통해 우리는 삶이 언제나 아름답다는 환상을 버리고 진정한 나의 삶을 찾아갈 수 있게 된다. 시련을 견디는 것은 나를 성장시키는 교육의 과정이다.

끈기의 반대는 조급함이다. 끈기 있게 기다리고 참는 것을 힘들어 하는 사람들이 많다. 지금 당장 해결책이 눈앞에 나타나기를 원하는 사람들이다. 환자들 중에도 조급한 사람들이 많다고 의사들은 말한다. 지금 당장 단번에 열이 내리기를 원하는 것이다. 끈기가 부족한 부부들도 많다. 결혼 생활을 하다 보면 사랑의 감정이 사라진 것 같은 시기가 찾아올 때가 있을 수 있다. 그럴 때에도 끈기가 필요하다. 사랑이 없는 허무한 관계를 경험해봄으로써 다시 사랑을 그리워하고 사랑이 샘솟는 감정의 원천을 회복할 수 있을 것이라는 희망을 가지고 기다려야 한다. 끈기 있는 기다림은 헤어질 용기가 없어 무의미하게 제자리에 머물러 있는 것과는 다르다. 끈기 있는 태도는 서로가 인내하고 고난의 시기를 잘 견디어 냄으로써 더 성숙하고 강한 사랑을 만들어 갈 수 있기를 간절히 소망하는 것이다.

소박한 태도

●

'소박한 성공'이라는 말이 있다. 주로 다른 사람의 성공을 깎아내릴 때 쓰이는 표현이다. 좋지 못한 결과를 우리는 '소박하다'고 비꼬기도 한다. 소박함은 우리가 살아가고 있는 세상에서는 그다지 높은 가치를 지니지 못한다. '소박함은 귀감이 되지만, 소박함이 없어야 더 많은 것을 달성할 수 있다.'라는 속담도 있다. 소박함은 대개 나 자신이 아닌 다른 사람에게 기대하는 덕목이다. 사람은 누구나 지나치게 소박하고 싶어하지는 않는다. 누구나 좀 더 누리고 좀 더 즐기며 살기를 원한다. 그리고 과시하기를 원한다. 요즘에는 방송이 과시와 허영을 부추기기도 한다. 실패해 내세울 것이 없는 사람들까지도 자신의 실패한 모습을 대중에게 공개해 뭔가 특별한 사람으로 인정받고 싶어하는 것이 현대인의 모습이다. 실패자라도 특별하기만 하다면 만족해하는 것이 현대인이다.

그림 형제의 독일어 사전은 소박함이란 “어떤 대상이 (내재적 가치가 있더라도) 비가시적으로 표현되는 현상”이라고 정의한다. 이 정의에 따르면 소박함은 긍정적인 가치를 지닌 단어다. 어떤 사람이 소박하다는 말은 일반적으로 그 사람에 대한 칭찬으로 받아들여진다. 자신을 과시하거나 으스대지 않는 사람이라는 뜻이기 때문이다. 소박한 사람은 그냥 순수하게 인간으로 존재하는 사람이다. 특별한 욕구가 없는 사람이다. 복잡하지 않고 과장하지 않는 사람이다. 소박하다는 말은 독일어로 ‘bescheiden’이라고 하는데, 원래 법률용어로 사용되었다고 한다. 판사가 판결을 내린다고 할 때의 판결이 독일어로 ‘Bescheid’다. 어떤 사안에 대한 결정을 내리고 그 결정 즉, ‘Bescheid’를 당사자에게 통보하는 것이 판사의 역할이다. 이때 판결을 받는 당사자는 판결의 대상이 되는 것이다. 즉, 재귀대명사를 사용해 ‘sich bescheiden(만족하다)’하게 된다. 판결을 받는 사람 즉, ‘sich bescheiden’하는 사람은 법의 심판을 이의 없이 받아들여야만 한다. 바로 여기에서부터 유래된 단어가 ‘bescheiden’ 즉, 소박하다는 단어다. 소박한 삶의 태도는 다른 사람과의 관계를 규정할 뿐 아니라 신과 나의 관계 그리고 결국에는 나 자신과의 관계를 규정한다. 다른 사람보다 우월해지려고 하지 않는 태도, 줄을 서 있을 때 차례를 지켜 나의 순서를 기다리는 태도가 바로 소박한 태도다. 신의 계획 앞에서 '예'라고 답하는 사람이 소박한 사람이다. 주어진 재능과 능력에 만족할 줄 아는 사람이 소박한 사람이다. 다른 사람과 비교하지 않는 사람이 소박한 사람이다. 다른 사람을 짓밟고 올라서려 하지 않는 사람이 소박한 사람이다. 소박한 삶의 태도는 나 자신을 대할 때에도 필요한 태도다. 나의 있는 그대로의 모습에 만족할 수 있어야 하기 때문이다. 다른 사람이 되려고 노력하지 않는 사람이 소박한 사람이다. 그리고 나의 있는 그대로의 모습을 과시하지 않는 사람이 소박한 사람이다.

소박한 사람들은 편안함을 주는 사람들이다. 누구든지 편하게 대하고 친하게 지낼 수 있는 사람들이다. 나는 호텔 종업원들을 대상으로 강연을 한 적이 몇 번 있었다. 그때 만난 호텔 종업원들은 소박함과 거리가 먼 손님들에 관한 수많은 일화를 들려주었다. 호텔에 지나친 요구를 하는 손님에서부터 어떻게 해서든 적은 돈에 최대의 서비스를 받아 내려는 사람에 이르기까지 종류도 다양했다. 그들의 공통점은 어떤 서비스를 받든 절대 만족하지 않는다는 점이었다. 그런 사람들은 호텔 방에 들어서는 순간 새로운 요구사항부터 떠올리며, 예전에 머물렀던 다른 호텔과 비교를 하며 더 좋은 서비스를 요구한다. 그런 종류의 사람들은 쉽사리 만족시킬 수 없는 손님이다. 그런 사람들은 항상 구체적인 바람과 요구사항이 많고 자기가 바라는 서비스를 받을 권리가 있다고 확신하며 그 권리를 마음껏 행사하는 사람들이다. 그런 사람들은 제공되는 서비스와 기존의 상태에 결코 만족하지 못하는 사람들이다. 그들의 욕구는 끝이 없다. 그래서 항상 무언가를 요구하며, 대부분의 경우 거만하게 보인다.

소박함은 겸손을 수반한다. 소박한 사람은 자신의 두 발로 바닥을 디디고 서서 자기 자신과 자신의 삶을 있는 그대로 받아들일 수 있는 사람이다. 소박하다는 말은 다른 사람에 대한 기대나 요구뿐 아니라 자기 자신에 대한 기대나 요구도 낮다는 것을 의미한다. 소박한 사람은 자신의 재능과 능력을 있는 그대로 인정하고 그에 만족할 수 있는 사람이다. 소박하지 않은 사람은 자기 자신에 대한 요구도 끝이 없다. 그래서 스스로를 다그치곤 한다. 그리고 자신의 능력이나 상황에 결코 만족하지 못한다. 다른 사람들을 부러워하고 다른 사람들처럼 되고 싶어 한다. 다른 사람들처럼 되고 싶다기보다 그들을 이겨야 직성이 풀린다는 말이 더 정확할 것 같다.

현재 독일어의 전 단계였던 중고지독일어(Mittelhochdeutsch)에서 소박함을 뜻하는 단어 'Bescheidenheit'는 또 한 가지 뜻을 내포하고 있다. 바로 이해심이다. 다시 말해 겸손한 사람은 이해심이 깊은 사람이라고도 해석이 된다. 겸손한 사람은 스스로를 이해하고 자신의 삶을 이해하는 사람을 말한다. 바로 그렇기 때문에 자신과 자신의 삶을 있는 그대로 받아들이고 인정할 수 있는 것이다. 자신의 상황과 조건을 이해하고 수용할 수 있는 것이다. 소박한 사람은 현재 자신이 무엇을 바라고 기대할 수 있는지도 정확하게 이해하는 사람이다. 예컨대 쇼핑을 할 때나 여행지에서 말이다. 자신이 여행지에서 묵는 숙소와 현지 환경이나 날씨 등에 이르기까지 말이다. 소박한 사람은 자신이 모든 것을 다 가지고 누릴 수 없다는 것을 인정하는 사람이다. 하다못해 주어진 날씨에 만족하며, 매일같이 화창한 날을 기대할 수만은 없다는 사실을 인정하는 사람이다. 겸손한 사람은 현실을 그대로 받아들일 수 있는 사람을 말한다. 자신의 삶을 있는 그대로 수용할 수 있는 사람이다. 자기 자신의 모습에 만족할 줄 아는 사람이다. 반면 소박하지 않은 사람은 지나친 욕심 때문에 늘 불평이 가득하다. 소박한 사람은 자기 자신과 자신의 삶에 대해 '예스'라고 말할 수 있는 사람이다. 가진 것이 많지 않더라도 만족해하며, 단순한 삶 속에서 충만함을 누릴 줄 아는 사람이다. 바로 이러한 이유 때문에 소박한 사람은 지혜로운 사람이며, 이해심이 깊고 이성적이며 행복을 누릴 줄 아는 사람이다.

감사하는 태도

'세상에서 바랄 수 있는 대가는 배은망덕뿐이다.'라는 독일 속담이 있다. 안타깝게도 많은 사람들이 다른 사람을 돕는 좋은 일을 하면서 이 속담의 의미를 경험한다. 상대방이 감사하기를 바라며 돕는 것은 아니지만, 좋은 일을 한 보답으로 감사는커녕 비난을 받을 때 사람들은 큰 상처를 받는다. 위험을 무릅쓰고 사람들을 구조하는 구조 대원들은 도와준 사람들로부터 욕을 듣는 경우가 많다고 한다. 생명을 걸고 다른 사람을 도와주지만 그 대가가 감사가 아니라 욕이라는 이야기를 들을 때, 감사의 태도가 오늘날 얼마나 필요한지 다시 한 번 느낀다. 감사는 우리를 건강하게 하는 삶의 태도이다.

감사하는 마음을 가질 기회는 참 많다. 예로 우리는 연말이면 한 해를 돌아보며 감사하는 마음을 갖는다. 일 년 동안 받은 신의 은총에 감사한다. 하지만 신이나 다른 사람들에게 감사한 마음을 갖는 특별한 시간이나 일이 없더라도 감사의 태도를 연습하는 것이 중요하다. 감사는 사람을 편안하게 만든다. '감사하다'를 뜻하는 독일어 'danken'은 '생각하다(denken)'의 단어에서 유래했다. 생각하는 사람이라야 감사할 수 있다. 레이먼드 생-장은 감사를 "마음의 기억"이라고 표현했다. 감사하는 사람은 마음으로 기억하는 사람이다. 날마다 자신에게 주어지는 것들을 마음으로 느끼고 생각하는 사람이다. 감사하지 않는 사람은 생각하지 않는 사람, 자신이 받은 선물을 잊어버리는 사람이다. 고대 로마의 철학자 키케로는 "감사의 반대는 망각"이라고 말했다. 신께서 나에게 주신 선물들을 기억하지 않는 것이다. 신의 말씀을 통하여, 내가 만나는 사람들을 통하여, 창조물들을 통하여 날마다 나에게 주시는 은혜를 망각하는 것이다. 감사하는 사람은 자신의 삶에 대해, 신과 세상에 대해 생각하는 사람이다.

스토아철학에서는 감사를 사람의 가장 중요한 인성으로 여긴다. 감사하는 마음을 가진 사람만이 다른 사람들과 올바른 관계를 맺으며 살아갈 수 있다. 감사하지 않는 사람은 주변 사람들을 불편하게 만든다. 그래서 감사하지 않는 사람과는 교제하고 싶은 마음이 생기지 않는다. 감사하지 않는 사람은 상대방으로 하여금 무엇인가를 잘못하고 있다는 느낌을 갖게 만들기 때문이다. 그런 사람은 만남의 분위기를 부정적이고 비관적으로 만들기 때문에 가까이하고 싶지 않은 것이다.

감사하는 마음은 우리를 진정한 사람으로 만든다. 감사하는 태도는 부정적이고 우울한 생각과 감정을 치료하는 치료제이다. "자신이 약하고 힘들고 불행하다고 느낀다면, 그리고 이를 극복하고 싶다면 감사하는 마음을 가져보라." 알베르트 슈바이처의 조언이다. 나의 삶을 감사하는 마음으로 바라보면 어둡고 쓰라린 부분이 밝고 편안해진다. 감사는 내가 용기를 잃고 불행해지는 것을 막아줄 뿐 아니라 신과 가까워지도록 도와준다. 기쁨의 성인 필립보 네리는 이렇게 감사의 기도를 했다. "오늘 하루가 제 뜻대로 되지 않고, 신의 뜻대로 되게 하심에 감사합니다." 이러한 마음으로 하루를 돌아본다면 속상할 것이 하나도 없다. 모든 일이 나를 기쁘고 평안하게 만들어줄 뿐이다.

하루하루를 살면서 감사할 기회는 참 많다. 매일 아침 건강하게 일어날 수 있음에 감사해보자. 비록 작은 감사이지만, 이러한 감사는 하루의 시작을 바꾼다. 오늘 해야 할 수많은 일들로 인한 압박감이 아니라 감사하는 마음으로 하루를 시작할 수 있게 된다. 오늘이 설레고 기대된다. 신의 선물이자 기회인 오늘을 감사하는 마음으로 살면 새로운 하루가 될 것이다.

하루를 마치는 밤도 감사하기에 좋은 시간이다. 손으로 오목한 그릇을 만들고, 신이 오늘 이 그릇 안에 담아주신 선물들을 생각하며 감사해보자. 좋은 사람들과의 만남, 나의 마음을 위로해준 말들, 어두웠던 내 마음에 빛이 되어준 따뜻한 시선들을 생각하며 감사해보자. 그리고 이 손으로 오늘 내가 해낼 수 있었던 일들에 대해 감사해보자. 나의 손으로 다른 사람에게 사랑을 전할 수 있었던 은혜에 감사하자. 감사하는 마음으로 하루를 마무리할 때 마음의 평안을 누릴 수 있다. 나의 하루를 비판적으로 평가하는 것이 아니라 감사의 안경을 쓰고 오늘의 시간을 신의 손에 내려 놓을 때, 우리는 신의 따뜻한 손 안에서 평안히 쉴 수 있다.

다비트 슈타인들-라스트 수사는 감사에 대한 특별한 철학을 소개하였다. 그는 특히 기독교인이 가져야 할 마음에 대해 이렇게 말했다. “행복하기 때문에 감사하는 것이 아니라, 감사하기 때문에 행복한 것이다.” 감사는 행복의 비결이다. 영국의 작가 길버트 키스 체스터턴은 “감사는 모든 행복의 시금석”이라고 했다. 오스트리아 작가인 이다 프리데리케 괴레스는 “감사하지 않는 사람이 어떻게 행복할 수 있는가?”라고 반문하기도 했다. 감사는 진정한 행복을 위한 전제이다. 감사할 줄 모르는 사람은 영원히 행복해질 수 없다. 스위스의 위대한 철학자이자 시인이었던 예레미아스 고트헬프는 “감사하지 않는 사람은 사랑할 수 없다.”고 했다. 감사는 사랑을 지속하게 만드는 힘이다. 서로 사랑하는 사람들은 서로에게 선물을 주고 싶어한다. 서로에게 줄 수 있는 가장 큰 선물은 사랑이다. 서로의 사랑에 대해 감사할 때 사랑은 지속된다.

독일의 개신교 신학자이자 반나치 운동가로 나치 정권에 저항하다가 1945년에 순교한 디트리히 본회퍼에게 감사는 더 나은 현재를 위해 과거를 풍성하고 의미 있게 만드는 마법 같은 작업이었다. “감사하는 마음이 없다면 나의 과거는 어둡고 알 수 없는, 아무것도 아닌 것이 되고 만다.” 그는 수용소에서 자신이 살면서 경험한 모든 것들에 대해 감사했다. 과거에 대한 이러한 감사는 현재를 다르게 느끼도록 해주었다. 수용소에서의 삶은 고통이 아닌 자유와 사랑, 마음의 평안과 행복으로 채워졌다. 이러한 감사의 마술은 우리의 삶에 대해 감사하는 마음을 갖기만 하면 언제든지 경험할 수 있다. 감사는 과거에 집착하는 것도, 현재로부터 도망치는 것도 아니다. 더 나은 현재를 살 수 있도록 과거를 현재로 가져오는 작업이다.

감사하는 태도에 관한 본 장을 쓰기 직전, 나는 자녀를 잃은 부모들을 대상으로 "예기치 않은 죽음"이라는 세미나를 진행했다. 자녀를 잃은 사람이 어떻게 감사할 수 있겠는가? 이들에게 자녀를 잃은 애통함을 건너뛰고 감사하는 마음을 가지라고 말하는 것은 잔인한 일이다. 애통함은 내면의 다양한 감정들이 뒤섞여 있는 혼란스러운 상태의 마음이다. 애통함에는 아픔, 분노, 절망, 좌절, 죄책감이 뒤섞여 있다. 하지만 때로는 이러한 혼란 속에 감사하는 마음이 살아 있음을 경험한다. 비록 지금은 곁에 없지만 나의 아들과 혹은 딸과 5년, 10년, 20년을 함께할 수 있었던 것에 진심으로 감사하는 부모들을 보았다. 애통함 속에서 감사를 찾을 때 마음에도 변화가 나타난다. 슬프고 가슴 아픈 감정은 끊임없이 되살아난다. 하지만 이러한 감정과 그 속에서 찾은 감사도 함께 되살아나 애통함을 잠재워주고 어두움 속에서도 기뻐할 수 있는 힘을 준다. 감사는 애통함 속에서 나를 잠시 쉴 수 있게 해주는 평안한 안식처가 된다.

감사는 우리의 마음속에 혼자 스스로 존재하지 않는다. 감사는 언제나 대상이 있다. 우리는 사람에게 감사하고, 신께 감사한다. 신은 모든 감사의 근원이다. 체스터턴은 "무신론자들의 가장 비참한 순간은, 진정한 감사를 느끼면서도 감사할 대상을 찾지 못할 때"라고 했다. 이러한 유태 속담도 있다. 한 율법학자가 안식일에 골프를 치러 갔다. 안식일에 해서는 안 되는 일이지만, 그에게는 율법을 지키려는 마음보다 골프를 치는 즐거움이 훨씬 더 컸다. 골프채를 휘두르고 공을 쳤는데, 홀인원을 성공했다. 하지만 그는 즐겁지 않았다. 안식일에 홀인원을 친 기쁨을 누구에게도 이야기할 수 없었기 때문이다.

우리가 삶에서 얻는 기쁨도 이와 같다. 기쁜 일에 대해 감사할 대상을 찾지 못한다면 기쁨은 언젠가 사라지고 만다. 하지만 신에 대해 감사하는 마음을 유지할 때 삶의 기쁨은 우리 안에 늘 살아 있다.

섬기는 태도

‘서비스’는 오늘날 우리가 살아가는 ‘서비스 사회’에서 흔히 사용되는 말로 긍정적인 이미지를 갖는다. 그러나 ‘섬김’이라는 말은 사람들이 그다지 좋아하는 표현은 아닌 듯하다. 신분과 계급이 존재하던 시절, 높은 신분의 사람을 경외하고 그에게 복종하던 ‘종’을 떠올리게 되기 때문이다. 다시 말해 스스로를 낮추고 상대방 앞에 엎드리는 행위가 전제되기 때문이다. 사실 ‘종’은 ‘따르는 자’라는 의미를 지닌다. 원래 종은 군부대의 시종을 지칭하는 단어에서 유래하였다. 이 시종은 지휘 부대와 야전 부대 사이를 오가며 커뮤니케이션을 가능하게 했던 사람이다. 라틴어의 ‘servus’ 역시 그러한 뜻을 지니고 있다. 반면 종을 의미하는 그리스어 단어는 식탁에서 시중을 든다는 의미를 지닌다. 그리스어 ‘디아코니아’가 바로 그런 일을 담당하는 하인을 뜻한다. 나는 바로 이러한 역할에 주목하고 싶다. 섬김은 실생활에 도움을 주고, 관계를 형성하고, 상대방 속의 생명력을 일으키는 행위다.

예수님은 섬기는 일과 이끄는 일을 통합시켰다. 가장 큰 사람이 누구인지를 두고 다투던 제자들을 향해 예수님은 이렇게 말씀하셨다. "그러나 너희는 그렇게 해서는 안 된다. 너희 가운데에서 가장 높은 사람은 가장 어린 사람처럼 되어야 하고, 지도자는 섬기는 사람처럼 되어야 한다."루카복음 22장 26절 예수님은 섬기는 일이 결코 약한 사람들의 역할이 아니라 강하고 큰 사람들의 역할이라고 설명하신 것이다. 다른 사람들을 지도하고자 하는 사람은 다른 사람들을 섬겨야 하고 다른 사람들 속의 생명력을 깨워야 한다는 것이다. 오늘날에도 '섬김을 통한 리더십'이라는 개념이 재발견되고 호응을 얻고 있다. 여기에서 말하는 섬김이란 굴복을 전제로 하는 것이 아니라 다른 사람들 속에 잠자고 있던 생명력을 활성화시키는 적극성을 전제로 한다. 또한 누군가를 섬긴다는 것은 자유를 수반하기도 한다. 섬김을 통해 다른 사람들을 이끄는 리더라면 굳이 리더로서의 자질을 입증하거나 다른 사람들을 밟고 올라설 필요가 없기 때문이다. 내가 이끌어야 하는 사람들, 내가 책임져야 하는 모든 사안에 대해 열린 마음을 가진 사람이기 때문이다. 기업을 이끌어 가는 기업가는 기업을 섬기는 사람이라고 할 수 있다. 기업을 존속시키고 발전시킬 책임을 지는 사람이 기업가다. 기업가의 이런 사명은 기업을 구성하는 종업원들이 만족해하며 기쁨으로 일을 할 수 있을 때에야 비로소 달성될 수 있다.

우리는 '종'이라는 단어를 너무 하찮게 여기는 경향이 있다. 교회 안에서 더더욱 그렇다. 교황은 자신을 "하느님의 종들의 종"이라 칭한다. 그러나 이런 겸손한 표현과 달리 교황이 자신의 권력을 남용한 사례들이 적지 않다. 겸손한 별칭이 오히려 권력을 가려주는 역할을 한 셈이다. 주교들 역시 자신을 신앙의 종이라 부른다. 듣기 좋은 말이다. 하지만 만일 그들의 행실이 신앙의 종답지 않다면 신앙의 종이라는 표현은 껍데기만 남게 될 것이다. 물론 신앙의 종이라는 표현을 사용한다는 것은 주교들이 자신이 수행해야 하는 역할과 책임이 결국에는 섬기는 일이라는 사실을 최소한 인지하고 있음을 보여 준다. 자녀를 양육하는 부모도 마찬가지다. 부모는 결국 자녀를 섬기고 자녀의 내면에 존재하는 생명력을 깨워주어야 한다. 그렇다고 해서 부모가 자녀의 요구를 모두 들어주어 자녀가 가정을 좌지우지하는 자리에 올라야 한다는 뜻은 결코 아니다. 섬김은 그런 뜻을 지니고 있지 않다. 부모로서 실천해야 할 섬김이란 자녀가 신이 계획하신 모습대로 성장할 수 있도록 전력을 다하는 것을 말한다. 신이 원하시는 모습을 만들어 내기 위해서는 부모가 자녀에게 선을 그어야 할 때도 있다. 섬긴다는 것은 요구한다고 무조건 들어주는 것이 아니라, 때로는 제재와 저항을 통해서라도 궁극적인 목적인 생명력을 피어나게 해야 하기 때문이다.

대다수 직장인들은 관리자가 되고 싶어한다. 단순히 지시 받은 업무를 수행하고 싶어하는 사람은 상대적으로 훨씬 적다. 내가 속한 수도원 산하의 한 행정부서 여직원이 모두가 추장이 되고 싶어하며, 평범한 인디언은 찾아보기 힘들다고 토로하는 것을 본 적이 있다. 이러한 경향은 어디에서나 찾아볼 수 있다. 특히 교육 수준이 높은 젊은이들은 사회생활을 시작하는 순간부터 섬기는 사람이 되기보다는 리더가 되고자 하는 욕구가 강하다. 그러나 리더가 되기 위해서는 먼저 다른 사람을 섬겨봐야 한다. 리더는 동료들을 섬길 줄 알아야 하기 때문이다. 그리고 단순한 업무라도 배우고 현장에서 수행해본 사람만이 진정한 리더가 될 수 있기 때문이다. 예전에는 소위 밑바닥에서부터 시작해 높은 직위에 오른 사람들을 흔히 볼 수 있었다. 그러나 오늘날에는 처음부터 섬기는 단계를 뛰어넘고 바로 높은 자리에 오르려는 사람들 투성이다. 한 번도 누군가를 섬겨본 적이 없는 사람은 리더로서 누군가를 이끌어 갈 자격이 없다. 섬겨본 사람만이 섬김을 받을 수 있다.

인생의 참의미를 배우기 위해서는 섬김을 제대로 이해해야 한다. 섬기는 사람만이 섬김을 받을 자격이 있다는 원리를 깨달아야 한다. 섬기는 사람만이 인생의 참의미를 배울 수 있다. 섬기는 사람만이 더 크고 중요한 역할을 담당할 수 있게 된다. 다른 이들을 섬기는 사람은 섬김에 대한 대가가 아닌 새로운 도전으로서 보다 높은 직책이나 중요한 업무를 부여 받게 되는 것이다. 누르시아의 성 베네딕토는 수도사들을 위해 쓴 규칙서에서 "다수의 개성을 섬기라."베네딕토 규칙서 2장 31절고 요구한다. 여기에서 그가 요구하는 것은 다른 사람을 존중하고 장려하라는 것이다. 이는 한 공동체의 성공을 위한 전제다. 내가 속한 수도원은 섬김의 아름다운 사례들을 많이 남겼다. 보니파스 수도원장의 일화를 예로 들 수 있다. 보니파스가 수도원장 자리에서 물러날 당시 수도원의 연대기를 기록하던 수도사는 타자기 사용법을 몰라 모든 기록을 수기로 남겼다. 보니파스는 이런 수도사를 위해 자신의 글을 모두 직접 타자기로 작성했다고 한다.

자신을 섬기던 자를 섬긴 사례다. 자신이 가진 재능과 능력으로 다른 사람을 섬김으로써 그의 생명력이 피어날 수 있게 하는 것이 진정한 섬김이다.

경외하는
태도

●

오늘날의 사람들에게는 경외하는 태도가 부족하다는 평가가 많다. 경외하는 태도의 결핍은 교회를 출입하는 교인들의 모습에서부터 나타난다. 그들에게 교회는 시장이나 박물관 같은 곳인 경우가 많다. 그들은 신성함에 대한 두려움인 경외심 없이 교회를 드나든다. 사람들 간의 관계에서도 경외하는 태도는 점점 사라져 간다. 사람들은 더 이상 누군가를 존경하고 우러러보기를 원하지 않는다. 사람들은 상대방을 끌어내려 자신과 같은 위치에 세운다. 존경하기는커녕 위험을 감수하면서까지 다른 사람을 늪으로 끌어내리는 사회가 되었다.

'경외'를 뜻하는 독일어 'Ehrfurcht'는 '존경(Ehre)'과 '두려움(Furcht)'이 결합된 단어이다. 여기서 '두려움'은 어떠한 대상을 무서워하는 공포의 감정이 아니라, 나보다 큰 존재, 즉 신성함에 대한 거룩한 두려움을 의미한다. 경외란 내가 마땅히 존경을 표해야 할 신성한 대상에 대해 존경을 표하는 것이다. 가톨릭 신학자이자 종교철학자인 로마노 구아르디니에 따르면 경외심은 신성한 것, 건드려서는 안 되는 것을 건드리지 않는 것을 뜻한다. 경외한다는 것은 존경하는 마음으로 거리를 두는 것을 의미한다. 우리가 손에 넣거나 비밀을 알아낼 필요가 없는, 있는 그대로의 가치와 위엄을 갖는 존재로 인식하는 것이다. 따라서 경외의 개념은 언제나 비밀이라는 단어와 연결된다.

경외는 종교적 영역에서 출발한 개념으로, 거룩하여 범접할 수 없는 존재를 인식하는 것을 의미한다. 구아르디니는 "경외는 거룩하고 큰 존재를 인식하고 그와 함께하기를 소원하는 것인데, 이때 그의 위엄에 대한 두려움이 수반된다."「덕목」고 했다. 오늘날에는 경외의 개념이 종교적 영역을 넘어 중요하고 가치 있는 모든 사람을 대하는 태도를 지칭할 때 사용된다. 우리는 유명하고 지위가 높은 사람을 대할 때 경외하는 태도를 갖는다. 그에게 합당한 존경을 표하고자 한다. "경외하는 마음을 가진 사람은 대상을 소유하고 자신의 이익을 위해 사용하고자 하는 인간의 일반적인 욕구를 포기한다. 이러한 욕구를 추구하는 대신 한 발 물러나 거리를 둔다. 이를 통하여 경외를 받는 대상이 높아지고 홀로 빛을 발할 수 있는 공간을 만든다."『덕목』 경외는 인간의 존엄성을 지키는 태도이다. 오늘날의 사회는 모든 비밀을 파헤치려는 욕심으로 가득 차 있다. 모든 사람의 사생활을 온 세상에 퍼뜨리고 싶어한다. 모든 것을 통속화시키려고 한다. 비밀을 존중하지 않는다. 모든 것을 건드리고 소유하고 싶어한다.

구아르디니에게 있어 경외심은 문화의 근본이다. 모든 문화는 "사람이 물러남"으로써 시작되기 때문이다. 경외하는 태도가 살아 있을 때 사람의 존엄성도, 자연과 예술의 아름다움도 빛을 발할 수 있는 힘을 갖게 된다. 알베르트 슈바이처는 "삶에 대한 경외"가 모든 윤리의 핵심이라고 했다. 윤리의 핵심은 삶에 대한 경외심을 가지고 삶의 가치에 합당하게 살며 삶을 지키는 것이다. 그에게 있어 삶에 대한 경외는 모든 창조물을 존중하고 보호해야 하는 이유이다. 따라서 삶을 경외하는 사람은 사람도 경외한다. 지위가 높은 사람만을 경외하는 것이 아니라 낮고 상처 입은 사람을 경외하고 지킨다.

구아르디니는 경외심이 일상생활에서 존중과 예의 바름의 덕목으로 나타난다고 했다. "예의 바름은 상대방에게 여유의 공간을 만들어 준다. 상대방이 짓눌리지 않고 자신의 공간을 가질 수 있도록 만들어 준다. 예의 바름은 상대방의 좋은 점을 인정해주며, 그 사람으로 하여금 자신의 모습이 존중 받고 있음을 느끼게 해주는 것이다. 그러면서 나의 장점들을 내세우지도 않는다. 나의 장점들로 인해 상대방이 낙담하지 않도록 하려는 것이다."「덕목」 경외심은 이 세상을 함께 살아가는 모두에게 중요한 일상적인 덕목이다. 모든 사람들에게 자신의 자아와 삶을 펼칠 수 있는 가능성의 공간을 만들어 주는 덕목이다. 상대방이 가지고 있는 가능성의 공간을 제한하고, 그 사람의 단점과 실수만을 찾아내려는 사람도 있다. 하지만 이러한 태도는 모든 것의 가치를 떨어뜨릴 뿐이다. 반면 상대방의 큰 가능성과 가치를 존중하는 사람은 상대방의 큰 존재 앞에 작아지는 것이 아니라 자기 자신 역시 큰 존재가 된다.

성경은 부모와 노인을 경외하라고 말한다.집회서 3장 1-16절 이는 단순히 부모와 노인을 비판하지 말라는 것이 아니다. 그들을 존중하고 존경하라는 의미이다. 우리는 우리보다 먼저 그리고 오랜 세월 동안 삶을 지키며 살아온 사람들 앞에 머리를 숙여야 한다. 자신의 근원인 부모를 존경하는 것은 자기 자신을 존중하는 것이다. 반대로 말하면 부모를 존경하지 않는 사람은 결국 자기 자신을 존중하지 못하는 사람이다.

하지만 무엇보다도 경외하는 태도는 신과 신이 창조하신 창조물들의 놀랍도록 크고 아름다운 존재를 만났을 때 갖게 되는 태도를 의미한다. 신은 "두렵고 매우 위대하신 분이며 그분의 권능은 놀랍다."집회서 43장 29절 신을 경험하는 장소마저도 우리에게는 두렵고 놀라운 곳이 된다. 야곱은 하늘에 닿은 층계를 천사들이 오르내리는 꿈을 꾸고 일어나 이렇게 말한다. "이 얼마나 두려운 곳인가! 이곳은 다름 아닌 하느님의 집이다. 여기가 바로 하늘의 문이로구나."창세기 28장 17절

진정한 경외는 거룩함 앞에서의 경외이다. 경외하는 태도는 섬김으로 이어진다. 신은 우리가 섬겨야 할 거룩한 존재로, 나를 위해 이용하는 대상이 되어서는 안 된다. 예수님은 거룩한 것을 대하는 태도에 대하여 이렇게 경고하신다. "거룩한 것을 개들에게 주지 말고, 너희의 진주를 돼지들 앞에 던지지 마라. 그것들이 발로 그것을 짓밟고 돌아서서 너희를 물어뜯을지도 모른다."마태오복음 7장 6절 나는 이 말씀을 현실적으로 경험해본 적이 있다. 어느 날 말씀을 전하는 중 내가 진주를 돼지들 앞에 던지는 듯한 느낌이 들었다. 자리를 채운 건 말씀에 귀를 기울이기 위함이 아닌 다른 목적으로 자리에 앉아 있는 사람들이었기 때

문이다. 그러한 상황에 말문이 막혀, 도무지 무슨 말을 해야 할지 몰랐다. 경외심이 없는 곳에서는 거룩한 것을 이야기하고 사람의 존엄성을 지키게 하는 말들을 전할 수 없음을 느꼈다.

경외하는 태도는 신성한 영역과 일상의 영역 모두에서 필요하다. 특히 오늘날의 사회가 꼭 필요로 하는 덕목이다. 기자에게 경외하는 태도가 없다면, 그에게 그 누구도 그 어떠한 것도 위대하게 느껴지지 않는다면, 모든 위대한 사람들을 저 아래로 끌어내려 무가치하게 만드는 기사를 쓸 것이다. 모두가 그리고 모든 것이 가치를 잃은 문화는 죽은 문화이다. 아름다운 공존의 문화를 만들기 위해서는 경외하는 태도가 필요하다. 경외하는 태도는 진정한 문화를 지키는 수호자이다.

공감하는 태도

누군가와 대화를 하면서 상대방이 나를 이해하고 있다는 느낌을 받으면 기분이 좋아진다. 상대방이 나의 감정과 기분을 이해하려고 노력하는 모습 때문이다. 공감하는 사람은 상대방이 하는 이야기를 평가하지 않는다. 그는 상대방이 도움을 필요로 하는지를 직감한다. 더 나아가 상대방이 스스로 해낼 수 있는 부분은 어떤 부분인지도 구별할 줄 안다. 그래서 상대방에게 도움을 강요하지도 않는다. 도움을 주려고 했을 때 상대방이 고마움보다는 부끄러움을 느끼는 부분이 어떤 부분인지도 구별할 줄 안다. 공감하는 사람은 상대방에게 부담을 주거나, 상대방에게 훈계를 하거나, 상대를 판단하거나 평가하지 않는 사람이다. 공감하는 사람과 함께 있을 때 우리는 있는 그대로의 모습으로 그를 대할 수 있다. 공감하는 사람은 우리로

하여금 나 스스로를 느끼고 이해할 수 있도록 한다.

선천적으로 공감하는 능력을 가진 사람들이 있다. 그렇다면 공감하는 능력을 후천적으로 기를 수도 있을까? 내가 다른 사람과 공감하기 위해 어떠한 방법을 사용하는지 소개함으로써 그것이 가능하다는 걸 보여주고 싶다. 나는 각종 강연이나 종교 모임에서 수많은 대화를 나누게 되는데, 항상 대화의 상대와 공감하려고 노력한다. 그러기 위해서는 우선 대화의 자리에 순수하게 임해야 한다. 다시 말해 나의 자아로부터 자유로운 상태로 그 자리에 임해야 한다는 말이다. 다른 사람들에게 내가 훌륭한 성직자라는 사실을 입증해야 한다는 부담이나 강박으로부터 자유로운 상태를 말하는 것이다. 대화의 상대에게 내 이야기를 들려주지 않는 것이다. 나는 그냥 경청할 뿐이다. 그리고 집중해서 자세하게 상대의 이야기를 들어준다. 물론 그를 평가하거나 분석하기 위해서가 아니다. 상대의 이야기를 들어준다는 것은 상대가 하는 이야기를 파악하는 것 이상의 의미를 지닌다. 상대방의 이야기를 이해할 뿐 아니라 그 이야기를 하고 있는 상대방의 마음속으로 들어간다고 표현할 수 있을 것 같다. 지금 이야기를 들려주고 있는 상대는 어떤 감정일까? 상대방이 이야기한 경험, 상처, 외로움 등을 내가 겪는다면 어떨

까? 나는 상대방이 사용하는 어휘, 억양, 음색 등에도 귀를 기울인다. 그리고 상대방을 바라본다. 상대방의 얼굴빛, 표정, 제스처는 어떤 이야기를 들려주고 있는가? 나는 이야기를 들으며 상대방을 평가하거나 분류하지 않는다. 상대방의 이야기를 들으면서 정신분석학적 또는 종교적 잣대를 들이대지 않는다. 그리고 상대방에 대한 나만의 이론을 만들지도 않는다. 나는 다른 사람에 대해 나만의 이론을 만들어 내는 것이야말로 공감의 정반대되는 행동이라 생각한다. 다른 사람에 대해 나만의 이론을 만들게 되면, 그 사람을 대할 때 그 사람이 아닌 그 사람에 대해 내가 만든 이론만 보게 되기 때문이다. 결국 나는 상대방의 진정한 모습을 보지 못하게 되는 것이다.

공감하기 위해서 상대가 원하는 만큼 충분히 이야기할 수 있게 해주어야 한다. 그리고 상대방의 이야기에 대해 동의하고 이해하며 열린 마음으로 반응을 해야 한다. 나는 이야기를 듣다가 상대방이 한 이야기에 힘을 실어주기도 한다. 가끔은 나에게 들려주고 있는 이야기를 겪었던 순간의 기분에 대해 묻거나, 그 이야기를 하면서 어떤 감정을 느끼는지에 대해 묻기도 한다. 그렇다고 해서 그를 다그쳐 억지로라도 답을 하게 하지는 않는다. 질문을 하는 이유는 이야기를 하고 있는 당사자가 자신의 감정을 자각하고 스스로를 보다 깊이 들여다볼 수 있게 하기 위해서다. 독일어로 질문이라는 단어는 'Frage'라고 한다. 이 말은 '(밭)고랑'을 뜻하는 'Furche'라는 단어와 관련이 있다. 우리는 질문을 던질 때마다 질문을 받는 사람의 영혼이라는 이름의 밭에 새로운 고랑을 만드는 셈이다. 그리고 이 고랑에는 좋은 말들이 씨앗이 되어 떨어지면 열매가 맺히게 되는 것이다. 결론적으로 질문은 많은 열매를 맺게 해준다.

공감 능력은 심리치료사, 성직자, 의사, 교육자라면 갖추어야 하는 기본적인 역량이다. 다른 사람에게 공감할 수 있는 사람만이 다른 사람과 동행할 수 있다. 그리고 그런 사람만이 다른 사람 속에 내재되어 있는 것들을 끄집어내어 발현시킬 수 있다. '교육하다'는 독일어 동사 'erziehen'의 어원은 라틴어의 'educare' 즉, '이끌어 내다', '꺼내다'로 거슬러 올라간다. '교육하다'는 단어의 또 다른 어원인 라틴어 'educere'는 '세우다', '건설하다', '높은 곳으로 이끈다' 등의 의미도 갖고 있다. 다른 사람에게 공감한다는 것은 그 사람을 세우고 그 사람을 다른 차원으로 이끈다는 의미가 있다. 그리고 그것은 그 사람에게 유익한 일이다. 상대방에게 공감할 때에만 상대방이 자신의 진정한 모습을 나에게 공개한다. 그래야만 상대방이 나에게 자기 속에 감춘 모든 것을 보여 준다. 이는 공감하는 사람에게 평가 받는다는 느낌을 받지 않기 때문에 가능한 일이다. 상대방이 자신에 대해 많은 것을 보여 주면 줄수록, 나는 상대방 속에 내재되어 있는 더 많은 것들을 꺼내어 다른 차원으로 이끌어 줄 수 있다. 상대방이 공개하는 범위만큼 대화와 만남을 통해 변하고 발전할 수 있다.

공감 능력은 상담을 해주는 상황에서뿐 아니라 일상생활 속에서도 상당히 유용하다. 실수를 하는 사람을 비난하는 것은 그 사람에게 전혀 도움이 되지 않는다. 비난을 받는 당사자는 스스로를 정죄하게 되기 때문이다. 아일랜드로 이주해 좌측통행에 적응하는 과정에서 고생을 했다는 한 독일인과 이야기를 나눈 적이 있었다. 그는 운전을 하다가 다른 아일랜드 사람의 차에 너무 가까이 접근해 백미러를 부러뜨리는 사고를 냈다고 했다. 그는 너무나 창피했었다고 말했다. 그리고 계속해 사과를 했다는 것이다. 그러나 그 아일랜드인은 상당히 공감하는 것처럼 반응했다고 한다. "누구에게나 일어날 수 있는 일입니다. 괜찮습니다!" 이런 사소한 에피소드를 통해서도 공감하는 태도가 사람들에게 어떠한 영향을 미치는지 알 수 있다. 누군가가 나의 마음을 헤아려 주고 나에게 공감해주면 나 역시 그의 마음을 헤아려 주고 그와 공감하고 싶은 마음이 생긴다. 공감을 통해 호감을 갖게 되는 것이다. 공감은 사람과 사람 간에 좋은 감정을 갖게 해준다.

자유로운 태도

●

2014년 가을 홍콩에서는 수천 명의 학생들이 자유를 갈망하며 민주화 시위를 벌였다. 중국 정부의 강압적 체제를 거부하는 이들에게 있어서 자유는 어떠한 날씨에도, 밤낮 없이 길거리에서 시위를 지속할 만큼 중요했다. "먹고살 수 있으면 됐지!"라며 시위하는 학생들을 비판하는 사람들도 있었다. 나는 당시 시위에 참여한 많은 학생들과 이야기를 나누었는데, 이들에게 있어서 자유의 가치는 다른 모든 것을 포기하고 위험을 감수할 만큼 컸다. 역사는 인류가 자유라는 꿈을 실현하기 위해 얼마나 많은 투쟁을 해왔는지 잘 보여 준다.

자유는 언제나 사람들을 일어나게 만드는 중요한 가치였고 지금도 그렇다. 자유는 사회적으로 그리고 정치적으로 자기결정권을 갖는 개념을 넘어 더 큰 의미를 지닌다. 권력으로부터의 자유, 사람들 판단으로부터의 자유, 내적 외적 압박으로부터의 자유, 두려움으로부터의 자유, 양심의 가책으로부터의 자유, 귀속으로부터의 자유. 사람은 누구나 마음의 저변에 자유에 대한 그리움을 가지고 있다. 가끔 자유의 개념을 이기주의와 혼돈하는 경우가 있다. 다른 사람은 신경 쓰지 않고 자기가 하고 싶은 것을 마음대로 하는 것이 자유라고 생각하는 경우다. 윤리신학에서는 '무엇으로부터 자유로운가?'와 '무엇을 향하여 자유로운가?'의 문제를 구분한다. 우리는 다른 사람들의 기대와 자신을 지배하는 욕심으로부터 자유로워져야 한다. 자유로워져야 하는 이유와 목적은 사람들이나 신을 향하여 자유롭게 나아가고, 누군가를 위하여 나를 자유롭게 내주기 위해서이다. 누군가를 향한 사랑 안에서의 자유는 먼저 스스로의 지배로부터 자유로워져야만 누릴 수 있다.

기독교의 사상은 자유에 기반을 두고 있다. 바오로는 복음의 핵심을 자유의 개념으로 설명한다. "그리스도께서는 우리를 자유롭게 하시려고 해방시켜 주셨습니다." 갈라티아 신자들에게 보낸 서간 5장 1절 예수 그리스도를 통한 구원은 우리에게 자유를 의미한다. 구원 받는다는 것은 신의 아들과 딸로 자유롭게 살 수 있게 되는 것이다. 초대교회 때부터 신앙생활은 자유로움을 훈련하는 과정으로 이해되어 왔다. 바오로가 말하는 자유는 무엇보다 유태 율법으로부터의 자유를 의미한다. 물론 오늘날 우리의 삶은 유태 율법과는 아무런 상관이 없다. 우리의 삶에 있어서 율법은 스스로의 속박을 의미한다. 많은 사람들이 스스로를 속박하며 자유롭지 못한 삶을 산다. 다른 사람들 앞에서 스스로를 방어하고 변호하며 자신의 가치를 입증하느라 자기 자신을 끊임없이 몰아세운다. 예수 그리스도를 통한 구원은 이러한 속박으로부터의 해방을 의미한다. 바오로가 구원의 자유에 대하여 얻은 깨달음은 우리의 삶에도 적용된다. 우리는 다른 사람들 앞에서 그리고 신 앞에서 우리의 존재를 입증하기 위해 고군분투하지 않아도 된다. 신은 우리에게 있는 모습 그대로 살아가도 되는 자유를 주셨다. 우리는 조건 없이 사랑을 받고 있다.

예수님은 자유로운 삶의 모습을 몸소 보여 주셨다. 예수님은 사람들 앞에서 자유로운 분이셨다. 사람들 앞에서 스스로의 존재를 입증하실 필요가 없었다. 바리새인들에게 그들과 다름을 입증하고 스스로를 정당화할 필요가 없으셨다. 내적으로 자유로우셨다. 또한 외적인 규범으로부터 자유로우셨다. 예수님은 외적인 규범을 가장 중요시한 바리새인들에게 질문하신다. “안식일에 좋은 일을 하는 것이 합당하냐? 남을 해치는 일을 하는 것이 합당하냐? 목숨을 구하는 것이 합당하냐? 죽이는 것이 합당하냐?" 마르코복음 3장 4절 외적인 규범으로부터 자유롭지 못하여 다른 사람을 돕지 못하는 사람은 결국 남을 해치는 일을 하는 사람이 되는 것이다.

예수님은 관세나 세금으로부터 자유로운 세상 임금들의 자녀들에 빗대어 그리스도인들의 자유를 설명하신다. 예수님이 사시던 시대에 유태인들은 성전 세를 내야 했다. 마태오복음서를 보면 성전 세를 걷는 사람들이 베드로에게 예수님이 성전 세를 내시는지 묻는다. 그러자 예수님은 베드로에게 금식기간 중 질문하신다. "너는 어떻게 생각하느냐? 세상 임금들이 누구에게서 관세나 세금을 거두느냐? 자기 자녀들에게서냐, 아니면 남들에게서냐?" 마태오복음 17장 25절 남들에게서 받는다고 대답한 베드로에게 예수님은 설명하신다. "그렇다면 자녀들은 면제받는 것이다." 마태오복음 17장 26절 임금들의 자녀들이 관세나 세금으로부터 자유롭듯 신의 자녀들도 자유롭다. 자유는 그리스도인의 삶을 규정짓는 단어이다. 국가나 교회를 포함한 그 어떠한 기관도 그리스도인을 강압적인 체제 안에 가둘 수 없다. 신의 자녀는 사람의 법이 아닌 신의 법 아래에 있기 때문이다. 신의 법은 자유를 주는 법이다. 신이 함께하는 곳에는 자유가 있고, 사람은 자유를 찾을 때 비로소 진정한 사람이 된다.

하지만 교회들은 예수님이 전하신 이 자유의 복음을 저버리기도 한다. 세상의 지배자들을 더 중요시하고 무조건적인 복종을 강조하기도 한다. 하지만 기독교 복음의 핵심은 "우리는 신의 자유로운 자녀"라는 사실이다. 우리는 사람에게 속하지 않았다. 우리의 삶은 다른 사람들의 기대를 충족하고 그들의 지배를 받기 위한 것이 아니다. 우리는 자유로운 존재이다. 국가의 법을 따르지만 국가의 노예가 아니다. 오늘날의 정치인들은 국민의 자유를 외친다. 하지만 실제로 국민의 자유는 점점 더 억압을 받고 있는 것이 현실이다. 국가는 국민의 모든 것을 알려고 한다. 이러한 국가의 모습은 국가가 외치는 자유의 개념과 모순된다.

요한복음서는 자유의 또 다른 측면을 보여 준다. "진리가 너희를 자유롭게 할 것"요한복음 8장 32절이라고 예수님은 말씀하신다. 많은 사람들이 자신의 진실을 외면함으로써 자유롭지 못하다. 내가 나의 진실을 회피하면 진정한 내가 될 수 없다. 다른 사람들이 나의 진실을 알게 될까봐 불안해하고 두려워하게 된다. 나의 진실한 모습을 신이 인정하셨다는 확신이 있을 때에만 두려움으로부터 벗어나 자유로울 수 있다. 자유는 사랑과도 연결된다. 내가 신으로부터 온전한 인정과 사랑을 받고 있다고 느낄 때, 나는 자유롭게 나의 진실을 모두 보여 줄 수 있다. 그 어떠한 것도 신 앞에 숨길 필요가 없다. 사람들 간의 관계에서도 마찬가지다. 나의 배우자가 나를 온전히 사랑한다고 느낄 때 나는 모든 것을 숨김 없이 보여 줄 수 있는 자유를 누리게 된다.

자유는 삶의 느낌을 표현한 그리스의 개념이다. 초기에 자유의 개념은 정치적 자유의 의미가 강했지만 스토아철학은 개인적인 삶의 자유를 강조하였다. 고대 교회의 교부들은 스토아철학에 따른 자유의 개념을 신학에 수용하였다. 당시 교부들은 무엇보다 에픽테토스 사상의 영향을 많이 받았다. 에픽테토스(기원후 약 50~130년)는 노예 출신의 로마 철학자로, 사람이 누군가를 아무리 악하게 대하더라도 그 사람의 내적인 자유를 빼앗을 수 없다고 말했다. 그는 어떻게 하면 사람이 자유로워질 수 있는가의 문제를 가장 중요하게 생각했다. 그에게 있어 자유는 곧 생명이었다. 자유는 사람의 의지에 달려 있다. "당신이 자유를 원한다면 당신은 자유로울 수 있다. 당신이 원한다면 당신은 모든 것에 만족할 수 있고, 모든 것이 당신이 원하는 대로 그리고 신이 원하시는 대로 이루어질 수 있다."고 에픽테토스는 말했다. 자유는 올바른 앎에서 시작된다. 나의 영역에 해당하는 것과 그렇지 않은 것을 올바로 구분해야 한다. 그리고 나의 영역에 해당하는 것만 붙잡고 그렇지 않은 것은 놓아야 한다. 그럴 때에만 자유로울 수 있다. 진정한 자유를 얻기 위해서는 외적인 것들이 나의 거룩한 영역을 침범하지 않도록 해야 한다. 나에게 닥치는 모든 일들을 점검해보아야 한다. 이 일들이 나의 내적인 자아와 무슨 관계가 있는지 말이다. "이것이 나와 무슨 상관이 있는가?" 모든 일을 이러한 관점으로 점검해본다면, 나를 힘들게 하는 것은 어떠한 일이 아니라 그 일에 대하여 내가 갖는 생각임을 알 수 있다. 그러면 나를 지배하는 생각과 착각에서 벗어나 내 안의 자유로운 공간, 신이 거하시는 공간을 찾을 수 있게 된다. 고대 교부들은 이 메시지를 예수님의 말씀과 연결시켰다. "하느님의 나라는 너희 가운데에 있다." 루카복음 17장 21절 신과 함께하는 곳에 진정한 자유가 있다. 그곳에서 우리는 누구의 지배도 받지 않는다. 그 누구도, 우리의 욕심과 기분도 우리를 지배하지 못한다. 우리는 모든 세력으로부터 자유롭다. 누군가를 위해 나를 자유롭게 내어줄 수 있다.

우리는 자유로운 사람이 되어 자유로운 삶을 살기를 가슴 속 깊이 갈망한다. 하지만 자유롭지 못함을 자주 경험한다. 우리는 다른 사람들의 판단을 두려워한다. 다른 사람들에게 나의 존재를 입증하고 좋은 모습을 보이기 위해 나를 힘들게 한다. 또한 나의 생각을 자유롭게 표현하기를 두려워한다. 예수님은 우리가 다른 사람들의 기대와 생각으로부터 자유로워지고, 자유가 주어지지 않는 환경 속에서도 우리 영혼의 자유를 지킬 수 있도록 도우신다. '나는 자유롭게 생각하고 말하고 행동한다. 나는 내적인 자유를 누린다. 다른 사람들의 기대와 생각으로부터 자유롭다. 나는 자유롭다. 예수님이 나를 자유롭게 하셨기 때문이다.' 이렇게 말할 수 있는 자유로운 태도의 삶을 살아 보자.

친절한 태도

우리는 식당이나 호텔을 평가할 때 종업원들의 친절도를 중요한 척도로 삼는다. 물건을 사기 위해 상점에 들어서면 판매원이 우리에게 친절하게 제품에 대한 설명을 해주기를 기대한다. 그리고 길거리에서 행인에게 길을 물었을 때 친절한 답변이 돌아오면 기분이 좋아진다. '친절한'은 독일어로 'freundlich'라고 하는데, 친구라는 독일어 'Freund'에서 파생된 단어로 상대방을 친구처럼 대하는 태도를 뜻한다. 친절은 다정한 태도, 상대방을 위해주고 편안하게 해주는 태도를 연상시킨다. 우리는 누군가로부터 친절한 대우를 받으면 만족감과 행복을 느낀다.

나는 호텔 종업원들을 대상으로 한 강연을 수차례 했다. 아무리 훈련을 받은 사람이라도 불만이 가득하고 서비스나 음식에 대해 끊임없이 불평하는 사람에게 계속해서 친절하기란 쉽지 않다. 대부분의 호텔 종업원들은 불평하는 고객이라도 친절한 태도로 대한다. 그러나 고객의 불평에도 친절한 태도를 유지하던 종업원들도 뒤돌아서는 동료들에게 그 고객을 욕하기 일쑤다. 그들은 뒤돌아서 고객을 흉보는 것이 옳지 않은 행동임을 자각하고 있지만, 불평만 일삼는 고객에게 시종일관 친절함을 유지하기란 쉽지 않다. 마음속에 쌓인 분노나 실망감 같은 감정들도 표출이 되어야 하기 때문이다. 친절함이 다른 감정을 가로막는 장벽이 되어서는 안 된다. 까다로운 고객에게는 의식적으로, 의지적으로 친절할 수 있어야 한다. 친절함은 모든 것을 수용하거나 감수하는 태도가 아니다. 만일 그렇다면 친절한 사람은 자존감을 상실하게 될 것이다. 친절함을 통해 오히려 상대와 거리를 둘 수도 있다. 까다롭고 불만이 많은 고객에게 친절하게 대함으로써 그 고객 앞에서 고개를 숙이거나 작아지는 것이 아니라, 그 고객과 거리를 두면서 나의 자존감을 지키는 것이다. 친절을 베푸는 목적이 고객을 달래주는 것도 아니다. 친절을 통해 오히려 고객이 요구할 수 있는 한계가 어디까지인지, 그리고 무엇이 가능하고 가능하지 않은지 정확하게 알려주는 것이다. 만일 상대방으로 하여금 마음대로 할 수 있게 해주는 것이 친절이라면 친절을 베푼 사람은 불행해질 것이다. 그리고 언젠가는 더 이상 친절을 베풀 수 없는 지경에 이를 것이다.

친절은 상대방이 쌓아 놓은 (대부분의 경우 불쾌한) 장벽 이면에 존재하는 핵심과 착한 마음을 보려고 하는 연습을 통해 배울 수 있다. 다시 말해 까다로운 고객의 태도를 개인적으로 받아들이지 않고, 그 고객의 내면에 자리잡고 있는 욕구의 표출방식으로 받아들이는 것이다. 불만이 많은 고객은 스스로에게 만족하지 못해 나와 내가 하는 일을 계속해 비판하는 것이다. 그렇다면 친절함을 일종의 보호막으로 사용할 수 있다. 상대방의 폭력성이 나에게 너무 가까이 접근하지 못하도록 해주는 것이 친절이다. 그리고 친절을 통해 상대방의 내면에 자리잡고 있는 착한 마음을 이끌어 낼 수 있다는 믿음을 가진다. 친절한 태도는 결코 수동적인 태도가 아니다. 무조건적으로 무엇이든 다 수용하고 허용하는 태도가 아니다. 진정한 의미의 친절한 태도는 나의 자존심과 자아를 지키면서 보이는 다정함이지, 상대방으로 하여금 나에게 도발하도록 허용하는 태도가 아니다.

친절함은 모든 사람 안에 나의 친구가 존재한다는 사실을 전제로 실천이 가능하다. 상대방이 나의 영원한 친구가 될 사람이 아니더라도, 그를 마주하는 짧은 그 순간에는 친구처럼 대할 수 있어야 한다. 그 순간에는 상대방이 나의 친구인 것이다. 친절한 사람들은 대부분 친절함에 대한 보상을 받는다. 고객에게 친절하게 말을 거는 종업원은 그 고객과 즐거운 대화를 이어나갈 가능성이 높다. 처음 만났지만, 그 순간만큼은 두 사람은 친구가 되는 것이다. 그리고 짧지만 즐거운 대화를 통해 기쁨과 행복을 느끼게 된다. 물론 그 순간이 지나면 다시는 보지 않을 사이라는 것도 안다. 그러나 그 순간만큼은 상대를 나의 사람으로 만들게 되는 것이다. 그렇게 형성된 관계는 친절을 베푼 종업원에게도 이득이 된다. 고객에게 친절하게 대한 종업원은 그날 저녁 만족감을 느끼며 퇴근할 것이다. 친절을 베푸는 일과, 그로 인해 웃음과 기쁨을 주는 관계를 경험하는 일은 즐거운 일이 아닐 수 없기 때문이다.

기쁘게 믿는 태도

●

길거리를 걷다 보면 많은 사람들과 마주치지만 기쁜 표정의 얼굴을 발견하기는 쉽지 않다. 사람들은 가능한 빨리 목적지에 도착하기 위해 땅만 보며 걷는다. 아니면 휴대폰을 보고 있다. 휴대폰을 보는 사람들의 얼굴에서도 기쁜 표정은 보이지 않는다. 우리는 때로 기쁨을 강요 당하기도 한다. 한 번은 토크쇼에 출연한 적이 있는데, 스태프가 방청객에게 모든 말에 대해 기쁘게 반응하며 웃어 달라고 요청하는 것을 보았다. 나는 그 상황이 불편했다. 가식과 진부함의 자리라는 것을 의미했기 때문이다. 이것은 사람들로 하여금 진지한 주제에 대하여 생각하고 집중하지 못하도록 모든 것을 우습게 만드는 행동이었다.

마틴 루터는 기쁨을 "믿음의 열매"라고 표현했다. 그는 그리스도인이 가져야 할 태도는 기쁘게 믿는 태도라고 했다. 기쁨은 단순한 감정 상태가 아니라 영적인 태도이기도 하다. 성가 작가인 바르톨로메우스 헬더는 1635년경 노래 가사로 기쁨을 표현했다. “주 안에서 나는 기쁘다. 주님을 찬양하기에 기쁘다. 지금부터 영원토록.” 이 기쁨은 예수님이 나를 온전히 받으심을 경험할 때, 그래서 끊임없이 스스로를 질책하며 괴로워하던 나의 모습을 버릴 수 있을 때 누릴 수 있다.

초기 수도사들 역시 기쁨을 영적인 훈련의 결과물로 이해했다. 기쁨은 타고나는 것이 아니다. 신을 신뢰하면서 나의 진실한 모습을 찾을 때, 나의 있는 그대로의 모습을 신께서 받아들이셨다고 느낄 때, 신의 사랑이 나의 모든 것을 어루만지신다는 사실을 알게 될 때 나는 기쁘고 평안할 수 있다.

기쁜 사람을 만나면 상대방도 기분이 좋아진다. 기쁘게 사는 사람은 아침에 일어나서 날씨가 나쁘다고 우울해하지 않는다. 출근도 즐겁게 한다. 하지만 기쁨이 없는 사람은 출근할 때부터 기분이 좋지 않다. 그러한 사람은 능률적으로 일하기가 어렵다. 모든 일이 그에게는 무거운 짐이다. 반면 일이 잘 안 풀리거나, 나를 비난하고 괴롭히는 사람을 만나도 기쁨을 잃지 않는 사람이 있다. 기쁘게 사는 사람에게는 그 어떠한 것도 무거운 짐이 되지 않는다. 기쁘게 사는 사람은 어려운 환경과 고통을 받아들이면서도 믿음과 기쁨을 잃지 않는다. 또한 다른 사람의 아픔을 과소평가하거나 웃음으로 넘기지 않는다. 그 사람을 이해하려고 노력한다. 그러면서 힘들어 하는 사람을 웃게 만드는 말들을 찾아낸다. 힘든 상황 속에서도 즐거워할 수 있는 요소를 찾아낸다. 그래서 힘들어 하던 사람이 자신의 상황을 다른 시각으로 바라보도록 한다. 고통스러워하기보다 웃도록 만든다.

요한 보스코는 기쁨의 성인이었다. 젊은 시절 그가 창설한 클럽의 이름도 '기쁜 사람들의 클럽'이었다. 뒷골목을 방황하는 빈민 아이들을 가르치고 돌본 그는 아이들에게 훈계를 하기보다는 아이들과 함께 줄타기와 마술 놀이를 하며 기쁘게 놀았다. "기뻐하라. 선한 일을 하라. 참새들을 노래하게 하라." 그의 유명한 좌우명이다. 하지만 그렇다고 그가 가볍게 즐기기만 한 것은 아니었다. 그는 아이들을 위한 작업장, 숙소, 학교들을 지었다. 기쁨은 주변 사람들에 대한 그의 사랑의 표현이었다. 물론 축복 받은 타고난 성정이기도 했을 것이다. 기쁨에는 두 가지가 있다. 타고난 성정으로서의 기쁨과 신앙생활을 통하여 얻은 기쁨. 기뻐하는 성정을 타고났다면 정말 감사할 일이다. 신앙생활을 통하여 얻은 기쁨은 유머 감각이 뛰어났던 교황 요한 23세가 잘 보여 주었다. 그의 유머는 신의 인도하심에 대한 깊은 믿음과 확신이 주는 내적인 기쁨과 여유의 표현이었다.

인내하는 태도

면접 심사에서 자신의 단점을 말하라고 하면 응시자들이 제시하는 대표적인 답변 중 하나가 인내심 부족이다. 사람들은 인내심이 부족한 것이 자신의 약점이라고 말은 하지만, 실상 그것을 심각한 문제라 생각하지 않는다. 왜냐하면 대부분의 사람이 다 그렇다고 믿기 때문이다. 오늘날 인내심은 대단한 업적을 남기고 싶어하는 사람, 불완전한 상태를 개선하고자 하는 실천적이고 의지가 강한 사람의 특징으로 간주된다. 일반적으로 인내심 부족이 인간의 대표적인 '약점'으로 꼽히는 이유는 사람들이 인내심을 높이 사지 않기 때문이기도 하다. 괴테가 쓴 『파우스트』에서 주인공 파우스트는 인내하는 마음을 저주하기도 하였다. 로마노 구아르디니는 그런 파우스트가 현실을 있는 그대로 받아들이지 못한다고 하여 '영원히 성숙하지 못한 자'라고 불렀다. "그는 항상 운명에 저항하였다. 인간의 성숙은 현실을 그대로 수용하는 것에서부터 시작되는데 말이다. 현실을 수용하는 자세로부터 현실을 바꾸고 새롭게 만들어 나갈 힘이 생긴다."『덕목』 44쪽 인내심이 없는 파우스트는 '끝내 어른이 되지 못하는 공상가'라는 것이 구아르디니의 의견이다. 어른이 되기 위해서, 성숙한 인간이 되기 위해서는 현실을 받아들이고 견딜 수 있는 인내가 필요하다. 그래야만 현실을 바꿀 수 있다. 바꾸어 말하면 인내란 현실을 수용하고 견디는 것을 말한다. 인내심을 가지고 현실을 받아들이는 과정을 통해 신이 창조하신 유일무이한 존재로 성숙하는 것이다. 인간은 자신이 처한 상황이나 환경의 현실을 무시한 채 자기화(Selbstwerdung)를 달성하려고 한다. 그러나 이것은 자신에게 주어진 현실을 인정하고 인내할 때만이 가능하다. 왜냐하면 이것은 신의 영이 더욱 강력하게 개입할 수 있도록 현실을 바꾸어 나갈 때 가능하기 때문이다.

인내는 최근에 주목 받기 시작한 덕목이 아니다. 인내는 내 눈에 비치는 현실, 내가 느끼는 현실 그대로를 받아들이는 데에서부터 출발한다. 현실을 바꾸려면 현실을 수용하는 과정이 선행되어야 한다. 인내를 뜻하는 그리스어인 '휘포모네'는

'밑에 머무르다', '꿋꿋하게 견디다'의 의미를 지닌다. 인내는 어려운 상황 속에서도 포기하지 않고 버티는 힘을 말한다. 따라서 인내는 수동적인 개념이 아니다. 그런데 우리는 인내라고 했을 때 변화를 거부하고 무엇이든 수동적으로 받아들이는 태도를 떠올리는 경향이 있다. 인내를 뜻하는 라틴어 단어 'patientia'는 상대적으로 더 수동적인 태도를 가리킨다. 그러나 'patientia' 역시 열정이라는 단어와 관련이 있다. 결론적으로 인내는 고통을 감수하고 어려운 상황 속에서도 견딜 수 있는 힘을 말한다. 그래야만 그 상황이 바뀔 수 있다. 그런 의미에서 인내는 능동적인 저항을 의미한다고 볼 수도 있다. 결코 타협하지 않고 주어진 상황이 변할 때까지 무너지지 않고 버티는 것이 바로 인내다.

인내는 무엇보다도 다른 사람과의 관계 속에서 필요한 덕목이다. 인내심이 부족한 아버지나 어머니는 좋은 부모가 되기 어렵다. 아이가 성숙하고 자신의 모습을 찾아갈 때까지 인내가 필요하기 때문이다. 함께 사는 사람들에 대해서도 인내할 수 있어야 한다. 우리는 함께 사는 사람들이 자신들이 한 약속을 곧바로 실천하기를 기대한다. 하지만 사람들은 절대 하루아침에 바뀌지 않는다. 인내와 희망은 한 쌍을 이룬다. 내가 누군가에게 인내할 수 있는 것은 아직 이루어지지 않은 기대가 언젠가는 이루어질 것이라는 희망이 있기 때문이다. 바오로는 로마 신자들에게 보내는 서간에서 인내와 희망의 관계를 다음과 같이 설명하였다. "우리가 알고 있듯이, 환난은 인내를 자아내고 인내는 수양을, 수양은 희망을 자아냅니다. 그리고 희망은 우리를 부끄럽게 하지 않습니다."로마 신자들에게 보낸 서간 5장 3-5절 이 서신의 내용을 통해 우리는 바오로가 인내 속에서 어려움을 극복하고, 끝까지 희망을 버리지 않는 힘을 발견했음을 알 수 있다. 인내는 부부간에도 필요하지만, 수도원 공동체 안에서도 필요하다. 그래서 성 베네딕토는 수도사들에게 "신체적 약점과 성격적인 약점을 끝없는 인내로써 견디어 내라."베네딕토 규칙서 72장 5절고 요구한다. 물론 수도사들이 영적 성숙의 과정 속에서 인간적으로도 성장하기 위해 노력하지 말라는 것은 아니다. 그러나 노력을 한다 하더라도 개인차가 발생할 것이다. 그래서 공동체는 인내심 훈련이 잘된 집단일 때에만 유지되는 것이다.

다른 사람에 대해 인내하기 위해서는 먼저 나 자신에 대해 인내할 수 있어야 한다. 많은 사람들이 자기 자신에게 인내하지 못한다. 그들은 자신의 예민한 성격을 극복하거나 덤벙거리는 성격을 고쳐 보려고 수없이 시도했을 것이다. 그래도 결국에는 비판을 받으면 예민하게 반응하고 만다. 그리고 무언가를 침착하게 처리하지 못해 망쳐버리고 만다. 끝내는 후회하지만 예민하거나 덤벙거리는 성격을 하루아침에 고치지도 못한다. 그래서 화를 내며 조바심을 내기 시작한다. 잘못된 성격이나 습관을 버리지 못한다고 자책한다. 그러나 조바심을 내는 사람들의 마음속을 자세히 들여다보면 실수를 하는 자기 자신, 약점을 가진 자기 자신을 스스로 인정하고 받아들이기를 거부하는 심리를 발견할 수 있다. 많은 교부들은 나 스스로 인정하고 수용한 것만 스스로를 바꿀 수 있다고 설명하였다. 인내심 부족이나 조바심의 이면에는 스스로를 수용하는 능력이 결핍되어 있다. 스스로를 수용한다는 말이 지금의 상태가 지속되고 절대 바뀌지 않을 것이라고 생각하라는 건 아니다. 자신의 있는 모습 그대로를 수용하고 더러워진 옷을 벗어버리듯 단번에 약점을 고칠 수 없다는 사실을 인정하는 겸허한 자세가 전제된 사람만이 변화할 수 있다. 고상한 결심들이 단기간 안에 나의 한계라는 현실에 부딪혀 산산조각이 나는 것을 수없이 경험하더라도 계속해 인내할 수 있어야 한다. 그리고 다시 새롭게 시작해보고, 포기하지 않고 계속해 전진함으로써 신께서 계획하신 나의 성숙한 형상으로 다듬어지기 위해서는 인내가 있어야 한다. 독일 시인 앙겔루스 실레시우스는 자기 자신에 대한 인내의 한 측면에 대해 이렇게 경고한다. "친구여 인내하라. 주님을 섬기는 자라면, 40년은 시험을 받아야 한다." 아마도 실레시우스는 신 앞에서의 평온함이 짧은 수양을 통해 달성될 수 없음을 깨달았던 것 같다. 평온함은 시험과 시련 뒤에 찾아온다. 40년 정도 시험을 받으면서 꿋꿋이 자신의 길을 걸을 수 있어야 한다. 우리는 계속해서 공격을 당하고 넘어지며 다시 일어설 것이다. 그렇게 오랜 시간 인내하다 보면 신 앞에서 평온함을 누리며 설 수 있게 되는 것이다. 물론 또다시 새로운 목표를 향해 출발하면 또다시 넘어지고 일어나기를 반복해야 할 것이다. 죽음을 통해 영원히 신 안에서 안식하게 되고 신 앞에 서게 되는 그날까지 말이다.

평온한
태도

평온한 태도는 오늘날의 회사들이 사원을 뽑을 때 눈여겨보는 요소가 아니다. 대부분의 회사들은 관철력이 강하고 공격적인 사람, 욕심이 많고 모든 일에 적극적으로 덤벼드는 사람, 회사의 구조를 개선하고 새로운 문제해결 방법을 찾으려고 나서는 사람을 원한다. 평온한 사람은 회사가 원하는 큰 성과를 이루기는 어려운 사람인 듯하다. 그럼에도 불구하고 대부분의 사람들은 평온함을 원한다. 오늘날의 시대는 평온함을 간절히 그리워한다. 우리는 끊임없이 다른 사람들의 기대를 충족시켜야 하는 노예와 같은 삶을 살 때가 많다. 또한 스스로에 대한 요구에 시달리며 노예로 살아간다. 우리는 더 발전하기 위해, 더 많은 것을 이루기 위해, 더 나은 모습을 보이기 위해 끊임없이 자신을 채찍질한다. 평온함은 오늘날의 많은 사람들이 지니고 있는 내면의 압박과 쫓기는 일상을 위해 필요한 치료제이다.

평온함은 쉽게 흥분하거나 긴장하지 않는 태도이다. 평온한 사람은 편안한 마음으로 회의에 참석한다. 어떠한 결과가 나올지 모르는 두려움으로부터 자유롭다. 모든 것을 완벽하게 해내야 하는 부담감으로부터 자유롭다. 평온함은 내면의 자유를 의미한다. 회의, 만남, 시험이 어떻게 진행될지 모르는 불안함으로부터 자유로운 것이다. 나의 모습이 다른 사람들에게 어떻게 보일지, 내가 모든 것을 실수 없이 잘 해낼 수 있을지에 대한 생각을 내려 놓는 것이다. 지금 나에게 일어나는 일을 자유롭고 열린 마음으로 받아들이는 것이다.

평온하기 위해서는 내려 놓아야 한다. 모든 시대의 현인들은 마음을 내려 놓아야 한다고 충고해 왔다. 나의 소유에 대한 집착을 내려 놓고 미래에 대한 걱정을 내려 놓아야 한다. 건강에 대한 걱정을 내려 놓아야 한다. 성공에 대한 집착, 사람들에게 인정 받고 싶은 욕심을 내려 놓아야 한다. 평온함은 중요하고도 어려운 내면의 과제이다. 세상 것들에 대한 집착을 내려 놓으려고 할 때 우리는 깨닫게 된다. 이것들을 우리가 얼마나 의지하고 있었는지, 우리가 얼마나 안전하지 못한 기초 위에 우리의 삶을 쌓고 있었는지 말이다.

로마인들은 평온함을 스토아철학의 개념인 'aequo animo'로 표현했다. 사람은 무슨 일을 하든지 평정심, 즉 흔들리지 않는 정신을 가지고 해야 한다는 뜻이다. 성 베네딕토는 수도원의 행정을 이끄는 중요한 업무를 맡은 수도사는 'aequo animo'의 태도로 일을 해야 한다고 강조했다. 평정심을 잃지 않고 언제나 평온함을 유지하면서 일을 해야 한다는 뜻이다. 하지만 이를 실천하기는 쉽지 않다. 나의 집착과 욕심과 민감함을 모두 내려 놓아야 한다. 그래야 나를 둘러싼 소용돌이 속에서도 중심을 잃지 않고 나의 마음을 지킬 수 있다. 그래야 외부의 영향에 흔들리지 않고 평온함을 유지할 수 있다.

독일의 신비주의자 마이스터 에케하르트는 평온함을 중요한 정신적 덕목으로 꼽았다. 평온하기 위해서는 신도 내려 놓을 수 있어야 한다. 정확히 말하면 우리가 원하는 신의 모습을 내려 놓아야 한다. 우리는 우리 자신에 대해 많은 착각을 하듯 신에 대해서도 많은 착각을 한다. 우리가 원하는 신의 모습을 마음속에 정해 놓곤 한다. 내가 잘살기 위해, 남들보다 앞서기 위해, 안전하기 위해 신을 이용한다. 신에 대한 이러한 우리의 욕심을 내려 놓아야 진짜 신의 모습이 드러난다. 신은 우리가 제한할 수 없는 분이며 우리의 지각을 뛰어넘는 전능하신 분이다. 자기 마음속에 정해 놓은 신의 모습을 내려 놓는 사람만이 전능하신 신의 진짜 모습을 볼 수 있으며 마음의 소원을 이루어 주시는 신의 은총을 경험할 수 있다.

중국의 현인들은 평온함을 특히 강조하였다. 이들은 자신의 목적을 내려 놓을 때 진정한 결과를 얻을 수 있다는 깨달음을 얻었다. 이러한 깨달음으로 도를 추구하고 신의 뜻대로 사는 삶을 추구했다. 이들은 삶을 자기 생각대로 만들려고 하지 않았다. 장자는 평온한 삶을 살았던 옛 현인들을 이렇게 묘사했다. "그들은 모든 것을 있는 그대로 받아들였다. 죽음도 슬퍼하지 않고 즐겁게 받아들이며 떠났다. 저곳으로."

종교를 막론하고 모든 현인들은 같은 것을 깨달았다. '평온함이라는 마음의 이상은, 내적 자유 안에서 모든 것을 있는 그대로 받아들이는 자만이 누릴 수 있다.'

많은 사람들은 모든 것을 바꿔야 한다는 강박관념에 시달린다. 자신의 현재 모습에 만족하지 못하고 자신을 바꿔야 한다고 생각한다. '내가 변해야만 사람들이 나를 인정해줄 것이다.'라고 생각한다. 그리고 나뿐 아니라 이 세상에 대하여도 만족하지 못하고 세상이 변해야 한다고 생각한다. 하지만 평온함은 이러한 생각과 거리가 멀다. 평온한 태도는 모든 것을 있는 그대로 받아들이는 것이다. 모든 것을 지금의 모습 그대로 받아들인 후 조심스럽게 만지고 모양을 만들어 가는 것이다. 평온한 태도로 산다는 것은 자신의 삶을 있는 그대로 존중하고, 자신의 모습을 있는 그대로 인정하는 것이다. 우리가 해야 할 일은 신이 부여해주신 나의 본연의 모습을 찾아가는 것이지, 나를 계속해서 바꾸는 것이 아니다. 나는 충분히 괜찮은 사람이다. 나에게는 이미 좋은 모습이 있다. 이 좋은 모습을 가리고 왜곡하는 껍데기를 벗기만 하면 된다.

만족할 줄 아는 태도

●

우리는 어느 정도 채워져야 만족하는가? '너무 많은' 정도와 '너무 적은' 정도의 중간은 어떻게 찾아낼 수 있는가? 우리가 살아가고 있는 이 세상에는 모든 것이 넘쳐난다. 슈퍼마켓에만 가도 너무나 다양한 상품 속에서 무엇을 선택해야 할지 난감할 때가 있다. 이런 환경 속에서 만족할 줄 아는 사람이 되기란 쉽지 않다. 대부분의 사람들에게 '만족감'은 예전 사람들이나 필요로 했던 덕목이라 생각한다. 그러나 만족할 줄 아는 능력은 소비로 우리의 마음이 무뎌지고 자기 마음의 상태를 스스로 파악하는 것조차 어려워진 오늘날에야말로 인생을 제대로 살기 위해 반드시 갖추어야 하는 덕목이다. 만족감으로 향하는 표지판이 지시하는 대로 살아가기만 하면 되지만, 막상 그 길로 가려면 용기가 있어야 한다. 반면 '더 많이'라는 이름의 표지판은 훨씬 더 매력적으로 보인다.

만족할 줄 아는 사람은 계속해서 더 가지려고 하지 않는다. 그는 자신의 주어진 상황에 흡족해할 줄 아는 사람이다. 자기가 가진 것으로도 충분하다고 생각하는 사람이다. 더 높은 곳으로 오르겠다고 욕심부리지 않는 사람이다. 그렇다고 해서 주어진 상황에 안주해버리는 것은 아니다. 자기에게 주어진 가능성과 기회에 감사할 줄 안다는 뜻이다. 그리고 그 가능성과 기회를 놓치지 않는 사람이다. 다른 사람들에게 주어진 가능성과 기회를 탐내는 사람이 아니다.

나는 만족의 개념을 좀 더 확대된 개념으로 본다. 어렸을 적부터 만족하지 못하는 것에 익숙한 사람이 많다. 내가 하는 모든 일이 충분하거나 만족스럽다고 느끼지 못하는 사람들이다. 부모님의 기대나 선생님의 기대에 미치지 못한다는 생각을 가지며 성장한 사람들이다. 결국 그 누구도 만족시키지 못한다고 생각하게 된다. 그 무엇도 충분히 잘하지 못하는 사람이 되는 것이다. 많은 사람들이 평생 이러한 자격지심에 시달린다. 무얼 하든지 다른 사람의 눈에 부족해 보인다고 느낄 뿐 아니라, 자기 자신의 눈에도 만족스럽지 않다. 항상 자신의 기대치나 목표치를 달성하지 못하기 때문이다. 그런 사람들은 자기 자신을 몰아세우고 다그치는 사람들이다. 자신이 하는 모든 일에 만족감을 느끼지 못한다. '나는 충분하지 않다'는 생각에 사로잡혀 지나치게 많은 에너지를 허비하는 사람들이다. 바로 이러한 사람들에게 만족감은 자신을 치유해주는 삶의 태도가 된다. 만족하기 위해 먼저 자신에게 들이댔던 잣대, 자신이 설정한 목표를 모두 버려야 한다. 그리고 신이 창조하신 나의 원래 모습을 간직하고 있다는 확신을 가져야 한다. 나 스스로에 대한 바람과 목표를 내가 충분히 충족하고 있다는 확신도 있어야 한다. 만약 그럼에도 불구하고 또다시 과거의 자격지심이 되살아난다면 스스로에게 다음과 같은 질문을 하면 된다. '도대체 누구의 기대를 충족해야 하는가? 충분하거나 충분하지 않다고 판단하는 사람은 도대체 누구인가? 내가 한 일들을 평가하고 성적을 매기는 사람은 누구인가?' 독일에서는 얼마 전까지만 해도 학교 성적을 표시할 때 최하위 성적인 6점은 '불만족한(성적)'이라고 썼다.• 5점은 '부족한(성적)'으로 정의된다. 6점 즉, '불만족한(성적)'을 받을 경우 낙제를 해야 한다.

• 독일에서는 학교 성적이 1(가장 우수한)에서 6(가장 낮은)까지의 점수로 표시된다. 이때, 1점은 '매우 우수한 (성적)', 2점은 '우수한 (성적)' 등의 서술형 표현으로도 대체되는데 6점은 '불만족한 (성적)'에 해당된다.

만족한다는 것은 발전하기 위한 노력을 게을리해도 된다는 뜻은 아니다. 만족할 줄 아는 사람은 발전하기 위해, 자신의 능력을 개발하기 위해 노력하는 사람이다. 그 과정에서 나 자신에 대한 평가나 비판을 하지 않는 사람이다. '이 정도로는 충분하지 않다.' 이렇게 자책하는 것이 아니라, 내가 할 수 있는 것에 만족하는 사람이다. 만족할 줄 아는 사람은 노력하는 사람이다. 계속해서 발전할 의지와 열정이 있는 사람이다. 중요한 것은 스스로를 평가하거나 스스로에게 점수를 매기지 않는 사람이라는 점이다. 특히 자신의 행동과 그 모든 결과를 '불만족한' 것으로 평가하지 않는 사람이라는 점이다.

매사에 끝을 모르고, 하루의 일과를 종료하지 못하는 사람들이 있다. 예를 들어 계속해서 집 안을 치우는 사람이다. 치울 거리를 찾아다니며 정리를 하고 청소를 해야 하는 사람 말이다. 저녁이 되면 어느 정도 하던 일을 마무리하고 휴식을 취할 줄도 알아야 한다. 정해 놓은 시간에 잠자리 들면서 '오늘 해야 할 일들을 충분히 다했다'고 말할 수 있어야 한다. 자신의 하루 일과를 돌아보며 만족해하며 잠들 수 있어야 한다. 만일 후회하며 만족하지 못한 채 잠자리 들었다면, 편안히 잠을 자지 못하고 잠을 설칠 가능성이 높다. 계속해 자책을 하기 때문이다.

만족하는 삶의 태도는 하던 일을 멈추고 자기 자신에게 '이 정도면 충분하다'고 말할 수 있어야 하는 것이다.

만족감을 느끼기 위해서는 어떤 계기가 있어야 한다. 대단한 계기가 아니어도 된다. 식사 시간은 일상 속에서 만족을 느낄 수 있는 계기가 된다. 문제는 식사 시간에도 만족할 줄 모르는 사람이 많다는 것이다. 만족할 줄 아는 사람은 음식을 즐기며 곁들여 마시는 와인에 행복을 느끼면서도 적절한 순간에 절제할 줄 아는 사람이다. 어떤 사람들은 적당한 선, 적절한 순간에 대한 느낌을 전혀 모른다. 술자리나 회식 자리에서도 언제 자신이 일어서 가는 것이 좋을지 모르는 사람들이다. 무조건 끝까지 자리를 지키는 것이 옳다고 생각한다. 자신의 가슴 깊은 곳에서부터 들려오는 소리에 귀를 기울인다면 사실 문제될 것이 없다. '친한 사람들과 이렇게 즐거운 시간을 가질 수 있어 정말 좋았다. 하지만 이제 충분히 즐겼다. 이것으로 충분하다.' 이러한 마음이 드는 순간 자리에서 일어난다면 행복한 상태 그대로 집으로 돌아가게 될 것이다. 그러나 적당한 선을 모르고 '충분'한 정도를 넘은 사람은 다른 사람들에게 부담스러운 존재가 되고 만다. 특히 그 자리를 주관한 주최자의 입장에서는 초대한 사람들에게 이제 그만 집으로 가달라고, 자리를 마무리하고

자 한다고 말하기가 쉽지 않다. 그래서 결국 불편한 손님이 가기를 바라며 괴롭게 자리를 이어나가야 한다. 그런 자리는 더 이상 즐거운 자리가 아니다. 만족할 줄 아는 사람 즉, '만족'한 순간을 직감적으로 느끼는 사람은 자신에게 주어진 시간을 충분히 즐길 수 있고 그 자리를 마련한 주최자나 다른 사람들에게까지 즐거움을 선사하게 된다.

만족할 줄 아는 태도는 개인의 영역을 넘어 공동체의 미래를 좌우하는 태도이기도 하다. 라틴아메리카의 해방신학자인 얀 소브리노는 정의로운 세상에 대한 비전을 제시하면서 다음과 같이 설명하였다. "우리는 만족감을 공유할 수 있는 문명을 필요로 한다." 그는 지구의 부가 보다 공정하게 분배되어야 하며 보다 잘사는 국가에 사는 사람들도 어느 정도 절제된 삶을 살아야 한다는 의미에서 그렇게 말했던 것이다.

정당한 태도

‘정당함’이라는 단어는 법적이고 차가운 개념으로 우리의 일상생활과는 거리가 먼 듯한 인상을 준다. 하지만 우리의 삶은 이 개념과 밀접한 관련이 있다. 우리는 부당한 대우를 경험할 때면 정당함을 갈구하게 된다. 우리의 현실은 공정하고 정당하지 않은 경우가 많다. 갈수록 부자들은 점점 더 부유해지고 가난한 사람들은 점점 더 가난해진다. 사람들은 열심히 일하지만 경제적으로 어려움을 겪는다. 먹고사는 문제도 쉽지 않고 가족을 부양하는 일은 더 어렵다. 많은 사람들이 관청, 행정기관, 의료보험, 회사로부터 부당한 대우를 받는다고 느낀다. 정치인들은 많은 것들을 약속하지만 부와 기회의 공정한 분배는 언제나 해결되지 않은 과제로 남아 있다. 경제적 불평등이 만연하고 많은 부당한 것들로 인하여 끊임없이 갈등과 전쟁이 일어나는 오늘날의 세상은 정당함을 필요로 한다. 정당한 사회는 인류가 꿈꾸는 모든 이상향의 종착점이다. 완벽하게 정당한 사회는 영원히 구현되지 않을 것이다. 하지만 정당한 사회를 향한 노력이 없다면 이 세상은 점점 더 차갑고 잔인해질 것이다. 부당한 사회에서의 삶은 결코 행복할 수 없다.

플라톤은 정당함은 다른 모든 덕목을 포괄하는 핵심 덕목이라고 했다. 정당함의 첫 번째 의미는 자기 자신에 대한 정당함이다. 나는 나의 몸과 마음과 영혼에 대하여, 나의 존재 자체에 대하여 스스로 정당할 수 있어야 한다. 스스로에 대하여 정당하고 바르게 살 수 있어야 다른 사람도 정당하게 대할 수 있다. 정당함은 또한 사회적인 의미를 갖는다. 'Suum cuique'라는 라틴어 표현이 있다. 모두에게 각자의 정당한 몫을 주어야 한다는 뜻이다. 사회적 측면의 정당함은 부 및 기회의 정당한 분배와 정당한 임금을 의미한다. 정당함이 없는 사회에는 평화가 없다. "정당함을 뿌리는 사람은 평화를 거둔다."고 말한 신학자도 있다. 정당함이 없는 곳에는 많은 손실이 발생한다. 부당한 회사는 부당한 일들로 많은 에너지를 소비한다.

하지만 완벽한 정당함이란 없다. 예수님은 정당함과 의에 목말라하는 사람을 칭찬하셨다. 모든 부모들은 자녀들을 공평하고 정당하게 키우려고 노력한다. 하지만 이러한 말을 하는 아이들이 많다. "우리 부모님은 형, 언니, 동생을 더 좋아하세요. 저는 차별을 받는 것 같아요." 우리는 사람들을 대할 때 정당하게 대하도록 항상 노력해야 한다. 그리고 정당한 사회를 위해 싸워야 한다. 회사, 사회 그리고 더 나아가 전 세계의 평화를 위해 정당한 구조를 만들어 가야 한다.

정당함은 의로움이라고도 표현된다. 성경은 정당한 사람, 즉 의로운 사람을 칭송한다. 잠언은 "의인들의 길은 동틀 녘의 빛과 같아 한낮이 될 때까지 점점 밝아진다."4장 18절고 말한다. 신약의 요셉은 의로운 사람의 표본이다. 요셉은 마리아가 처한 상황에 대하여 의로운 모습을 보임으로써 정당하고 자비로운 태도를 함께 보여 주었다. 루카는 예수님을 '진정으로 의로운 사람'이라고 묘사했다. 이러한 묘사는 플라톤이 기원전 400년에 쓴 『국가』의 한 부분과 연결된다. 부당한 세상에서 사는 의로운 사람의 삶에 대하여 그는 이렇게 표현했다. "사람들은 그를 쫓아내고 눈을 멀게 하고 십자가에 못 박을 것이다." 그래서 예수님이 십자가에서 돌아가실 때 그 광경을 지켜보던 백인대장은 "정녕 이 사람은 의로운 분이셨다."루카복음 23장 47절고 말했다. 예수님은 진정으로 의로운 사람에 대한 갈망을 충족시키셨다.

우리는 십자가에서 죽임을 당하시면서 우리에게 사랑과 용서를 선물해주신 의로운 예수님을 바라봄으로써 의로움을 입고 정당한 사람이 된다. 부당한 죽음에도 불구하고 사랑과 의로움을 잃지 않으신 예수님을 바라봄으로써 우리도 의로워지고 정당해진다. 우리는 예수님을 통하여 바르고 정당하게 살 수 있는 힘을 얻는다.

구약 시대의 예언자들도 의로움을 간구했다. "땅은 열려 구원이 피어나게, 의로움도 함께 싹트게 하여라." 이사야 45장 8절 이사야서는 신의 구원을 이렇게 표현한다. "너의 백성은 모두 의인들로서 영원히 이 땅을 차지하리라. 그들은 나를 영화롭게 하려고 내가 심은 나무의 햇순이며 내 손의 작품이다." 60장 21절 예언자들은 또한 당시의 부당한 현실을 지적하고 정당한 사회를 만들기 위해 노력했다. 우리도 자기 자신과 주변 사람들을 정당하게 대하고 정당한 사회를 만들기 위해 노력해야 한다. 각 개인이 정당하게 살아갈 수 있는 정당한 사회를 만들어 가야 한다. 정당함은 나 자신에 대한 정당함으로부터 시작된다. 나 자신에 대한 정당함은 다른 사람들의 가치를 존중하고 그들을 정당하게 대하는 일로 이어져야 한다. 그리고 정당한 세상을 만들기 위한 노력으로 이어져야 한다. 우리는 정당한 삶과 세상을 위해 노력해야 한다. 하지만 정당함을 절대화시켜서는 안 된다. "세상이 망할지라도 정의는 세워라."는 라틴어 격언처럼 정의를 절대화시키는 일은 결국 사람들에게 필요한 정의를 해치며 추상적인 정당함만을 추구하는 결과를 낳게 된다.

비폭력적인 태도

●

오늘날 미디어는 세계 곳곳에서 일어나는 폭력적인 장면들을 매일같이 보여 준다. 먼 나라에서 일어나는 일들뿐 아니라 바로 우리 이웃에서 일어나는 장면들도 있다. IS의 잔인함과 세계 곳곳에서 일어나는 테러는 물론, 폭력적인 수단으로 전쟁에 반대하는 반전 운동가들에 이르기까지 다양한 종류의 장면들이 우리 눈앞에서 펼쳐지고 있다. 폭력은 우리 주변에서도 아주 가까이에 존재하며, 개인의 영역 내에도 존재한다. 학교에서는 교사들이 학생들 사이에서 폭력이 확산되지 않도록 노력해야 하는 상황이다. 가정 내 폭력도 존재한다. 수많은 아이들이 평생 상처로 남는 폭력을 경험한다. 수많은 여성들이 폭력을 당한다. 사람들은 폭력을 끔찍하게 생각하며 거부하기도 하지만, 폭력에 열광하기도 하는 모양이다. 수많은 영화가 폭력을 미화하기도 한다. 비행기를 타면 비행시간 내내 영화를 보는 사람들이 많은데, 대부분의 경우 끊임없이 총을 쏘고 사람을 때리고 죽이는 장면들이 이어지는 영화다. 그래서 때로는 비폭력에 대해 이야기하는 사람이 비현실적인 유토피아에 대해 이야기하는, 지나치게 순진한 사람처럼 보이기도 한다. 하지만 우리는 폭력과 보복 그리고 자멸로 이어지는 악순환뿐 아니라, 간디, 넬슨 만델라, 마틴 루터 킹과 같이 비폭력을 실천한 영웅들의 업적도 익히 알고 있다. 그들이 추구한 정신은 세상을 바꾸어 놓았다. 예수님도 비폭력을 강조하셨는데, 비폭력이란 정치적 영역에서뿐 아니라 각 개인의 삶에서 실현되어야 하는 가치다. 특히 우리가 살아가고 있는 이 시대는 폭력이 난무하기 때문에 비폭력에 대해 진지하게 생각해볼 필요가 있다. 분쟁과 갈등을 어떻게 하면 비폭력적으로 해결할 수 있을까? 어떻게 하면 비폭력적인 소통을 배울 수 있을까?

비폭력적인 삶의 태도에 대해 이야기하기에 앞서 폭력에 대해 먼저 살펴보고자 한다. 폭력이라는 단어가 정확하게 무엇을 의미하는지는 그 어원을 살펴봄으로써 알 수 있다. 폭력을 뜻하는 독일어 단어 'Gewalt'는 '관리하다'를 뜻하는 'walten'이라는 동사로부터 파생하였는데, 이 동사는 라틴어의 'valere'

즉, '~할 힘이 있다', '건강하다'와 깊은 관련이 있다. 다시 말해 폭력이란 어떤 대상의 모습을 임의대로 조성할 수 있는 능력을 말한다. 또한 건강과도 직접적인 연관성이 있다. 훗날에는 폭력이라는 단어가 라틴어의 'potestas' 즉, '권력'이나 '지배권'을 뜻하는 단어와 관련지어졌다. 권력을 뜻하는 이 단어 역시 'posse' 즉, '~을 할 수 있다'는 라틴어와 연결된다. 폭력과 관련이 있는 세 번째 라틴어는 'vis' 즉, '강제'와 그로부터 유래한 단어 'violentia' 즉, '상처를 남기는 힘', '폭력성'으로부터 유래하였다. 비폭력은 폭력을 거부하는 것을 말한다. 그렇다고 해서 비폭력이 아무런 힘이나 권력을 전제하지 않는 것은 아니다. 오히려 그 반대다. 간디를 비롯해 마틴 루터 킹 등이 추구하고 실천했던 비폭력적 저항이야말로 엄청난 힘과 영향력을 발휘하였다.

폭력의 반대가 비폭력이다. 비폭력은 사랑의 표현이다. 사랑은 큰 힘을 발휘한다. 사랑은 세상을 바꿀 수 있는 힘을 가졌다. 그러나 폭력적이지 않은 사랑이라고 해서 모든 불의마저도 수용하는 수동적인 성격을 지닌 것은 아니다. 사랑은 사회 속 불의에 맞서 싸울 힘을 지녔다. 단지 비폭력적인 수단을 동원하여 싸운다는 것이다. 우리는 역사를 통해서 폭력이 폭력을 낳는다는 사실을 확인할 수 있다. 폭력을 이용해 적을 제압하려고 하면, 그 역시 폭력을 사용할 것이다. 테러에 대한 대응방식이 낳은 결과를 통해서 우리는 폭력이라는 수단이 우리를 끝이 없는 수렁이나 굴레 속에 빠뜨리고 만다는 사실을 확인할 수 있다. 분단되었던 독일이 경험한 장벽 붕괴, 남아프리카에서의 인종차별 제도의 철폐, 미국 내 흑인과 백인의 법 앞에서의 평등 보장 등은 비폭력이 놀라운 변화를 가져올 수 있다는 사실을 입증해주는 대표적인 역사적 사례다.

나는 정치적인 영역과 한 개인의 영역이 깊은 관련성이 있고 상호작용을 한다는 점을 잘 알고 있지만, 정치권에서의 비폭력보다는 개인의 삶 속에서의 비폭력적 태도와 그 의미에 집중하고자 한다. 예수님은 비폭력성의 가치를 다음과 같이 표현하셨다. "행복하여라, 온유한 사람들! 그들은 땅을 차지할 것이다." 마태오복음 5장 5절 이 구절에서 '온유하다'의 그리스어 원어는 독일어 성경에서 '폭력적이지 않은'으로 번역되었는데, '온유하다' 또는 '부드러운'으로 번역이 가능하다. 나는 개인적으로 '비폭력'이 부각되는 번역을 더 선호한다.

우리는 종종 자기 자신에게도 폭력을 행사한다. 성직자로 사역을 하다 보면 자기 스스로에게 폭력적인 사람들을 종종 만나게 된다. 그들은 스스로를 있는 그대로 받아들이지 못해 분노에 차 있다. 그들은 자신의 모습에 불만을 가지며 분노한다. 자기 자신에 대한 분노의 원인은 사실 두려움이다. 사람들은 자신의 영혼 속에 감춰져 있는 분노에 대한 두려움을 갖고 있다. 그리고 폭력적인 방법으로 이 분노의 폭발을 막아보려고 한다. 또한 자신의 마음 깊은 곳에 억눌려 있는 공격성에 대한 두려움을 갖고 있다. 그 공격성이 표출되기 시작하면 제어할 수 없게 되기 때문이다. 걷잡을 수 없는 분노 속에서 모든 것을 파괴하고 망가뜨릴 수 있기 때문이다. 따라서 사람들은 자신의 공격성과 분노를 폭력으로써 억압하려고 한다. 자신이 타락할지도 모른다는 두려움 역시 자기 자신에 대한 폭력의 원인이 된다. 한번은 어린 시절부터 '나는 타락하고 있다'는 느낌에 시달렸다는 한 청년을 상담해준 적이 있었다. 그는 이러한 느낌 때문에 스스로에게 폭력적으로 변했고, 딱딱하고 몸통을 조이는 코르셋같이 엄격한 규칙을 정해 놓고 따랐다고 한다. 그러다 보니 어느 순간 자신에 대한 이 폭력성 때문에 다른 사람들과 소통하는 데 있어서 어려움을 느끼기 시작했다는 것이다. 자기 자신에 대해서만 엄격한 것이 아니라, 점차 다른 사람들에게도 엄격해졌기 때문이었다. 다른 사람들 눈에 완벽한 사람이 되고 싶은 욕구 또한 문제였다. 그렇게 스스로에게 폭력적으로 변한 청년은 자신의 단호함이나 공격적인 태도가 주변 사람들에게 얼마나 상처를 주는지를 인지하지 못하였고, 스스로에게 폭력을 행사하고 있다는 사실도 깨닫지 못하고 있었다. 이러한 사람들을 살펴보면 폭력성이 이중적인 혹은 양면성을 가진 에너지로 분출된다. 그들은 마음이 둘로 나뉘어 있고 그러한 마음이 스스로를 괴롭히기 때문에 주변 사람들을 나누고 갈라놓기도 한다. 쉽게 말해 사람들을 아군과 적군으로 분류한다.

폭력성은 정신질환 환자들, 특히 '경계선 인격장애 환자'들에게서 나타난다. 이러한 환자들은 종종 자해를 한다. 스스로 손목을 긋거나 배를 찌르기도 하는데, 일종의 자기처벌 차원에서 자해를 하는 것이다. 때로는 자신이 살아 있음을 느끼기 위해, 탈출구를 찾기 위해 자해를 하는 환자들도 있다. 이러한 종류의 환자들은 다른 사람들의 사랑을 느끼지 못하거나 자신의 마음속에 존재하는 사랑을 느끼지 못하기 때문에 스스로를 아프게 하고 스스로에게 폭력을 행함으로써 자신의 존재를 인식할 수 있게 된다. 물론 그것은 결코 바람직한 일이 아니다.

그렇다면 비폭력적으로 자기 자신을 대한다는 말은 무엇을 의미하는 것일까? 우선은 자신의 모습을 평가하지 않고 사랑스러운 눈으로 바라본다는 뜻이다. 그렇다고 해서 자신을 비폭력적으로 대하라는 말이, 있는 그대로의 자신을 내버려 두라는 뜻은 아니다. 자기 자신에 대한 비폭력적 사랑은 변화의 가능성을 내포한다. 나 자신을 바꾸고 발전시키고자 하는 욕구도 포함한다. 특히 내적으로 더 성숙하고자 하는 마음도 포함한다. 바로 그것이 고행의 목표이기도 하다. 고행은 원래 연습, 훈련을 뜻한다. 나 자신을 훈련시키고 단련시켜 나의 인간성, 성숙도, 영성을 한 차원 높이는 것이 고행의 목표다. 그러나 어떤 사람들은 고행이 폭력적이라고도 생각한다. 왜냐하면 고행을 하는 과정 속에서 자신에 대한 분노를 발견하고 스스로를 배척하는 자신의 모습을 보았기 때문이다. 물론 그다음에 그 분노와 폭력성에 대항하는 힘이 생겨난다. 그리고 그 힘은 자신 안에 존재하는 두려움에 맞선다. 문제는 두려움에 맞서면 맞설수록 두려움이 커진다는 것이다. 두려움에 비폭력으로 대응한다는 말은 두려움과 대화를 나누고 화해를 하며 결국에는 친구가 되는 것을 말한다.

오늘날에는 변신을 위한 전략들이 셀 수 없이 많다. 수많은 자기개발서가 변신하는 방법들을 소개한다. 그러나 변신(Veränderung)은 폭력적이고 공격적인 의미를 지닌다. 변신은 '지금의 내 모습으로는 안 된다. 나는 달라져야 한다. 나는 다른 사람이 되어야 한다.'는 사실을 전제로 한다. 기독교에서는 변신이 아니라 변화(Verwandlung)라는 개념을 지향한다. 변화는 나의 지금 모습도 괜찮다는 사실을 전제로 한다. 단, 아직 본질적인 나의 모습이 충분히 발현되지 못했다는 것이다. 내 삶, 지금까지 살아온 내 인생은 신이 창조하신 나의 본연의 모습이 아직 실현되지 않은 상태인 것이다. 변화는 나 자신과의 싸움이 아니라, 내 속에 있는 것들을 신께 맡기고 신이 내 속에 있는 것들을 변화시켜 유일무이한 나의 본연의 모습을 되찾게 되는 것을 말한다. 변화는 나의 지금 모습 그리고 나의 과거까지도 존엄하다는 사실로부터 시작된다. 변신의 전제처럼 자신을 평가절하하는 것이 아니다.

예수님은 비폭력적인 사람들을 향해 땅을 차지할 것이라고 말씀하셨다. 개인적으로 너무나 아름다운 말씀이라 생각한다. 자신에게 폭력적인 사람은 결코 자기 자신을 소유할 수 없게 될 것이다. 그런 사람은 평생 자신과 원수가 된 상태로, 마음이 나뉘어져 있는 상태로 살아갈 것이다. 그는 자신의 육체와 영혼이라는 땅의 일부만을 차지한 상태로 살아갈 것이다. 나머지 부분에는 접근하지 못할 것이다. 자기 자신에게 비폭력적인 사람만이 자기 영혼이라는 이름의 땅을 온전히 차지하고 누릴 수 있다. 공동체나 정치권에서도 마찬가지다. 간디나 마틴 루터 킹처럼 정치권에서 비폭력을 추구한 사람들은 주어진 땅을 모든 사람들이 누릴 수 있게 만들었다. 동시에 그들 스스로 그리고 그들이 대신해 싸워 주려고 했던 사람들이 모두 땅을 차지할 수 있게 만들었다.

누리는
태도

●

'이 정도는 누구나 누릴 자격이 있다.' 독일에서 널리 알려지고 인기를 끌었던 한 주류업계의 광고문구다. 그리고 '열심히 일한 사람이라면 마음껏 즐겨도 된다.'는 말도 있다. 그러나 내가 여기에서 소개하려고 하는 삶의 태도는 조금 다른 의미를 지닌다. 나는 인생을 누린다는 말을 조금 다른 각도에서 바라보고 싶다. 오늘날 우리가 살아가는 세상은 (적어도 각종 광고문구에 따르면) 거의 모든 것이 가능해진 세상이다. 이러한 세상을 살면서 인생을 제대로 누리고 즐기는 태도는 삶에서 중요한 부분이라 생각한다. 누린다는 말은 내가 할 수 있는 모든 것을 무조건 즐기거나 돈을 여기저기 뿌리면서 낭비하는 것을 뜻하지는 않는다. 누린다는 말, 즐긴다는 말은 내적인 자유와 만끽을 의미한다. 인생을 누린다는 말은 자신의 삶을 풍성하게 만들고, 내가 믿고 의지할 수 있는 사람들과 좋은 관계를 맺는다는 의미도 내포한다. 이러한 의미의 누림은 내적 자유로 이어지는데, 때로 누릴 수 있는 것을 누리지 않을 때, 나의 바람을 포기할 때, 물질적인 것뿐 아니라 인정, 관심, 기쁨 등을 다른 사람들에게 나누어 줄 때 진정한 누림을 경험하게 되기도 한다.

이 세상에는 다른 사람이 맛있는 음식을 먹는 것조차 못마땅하게 여기며 다른 사람의 행복을 함께 누릴 줄 모르는 사람들이 있다. 반대로 다른 사람에게 무엇이든 기꺼이 내주고 그의 행복을 함께 즐거워하며 누릴 줄 아는 사람들도 있다. 우리는 그런 사람들을 관대하고 착한 사람들이라 부른다. 나의 성공을 함께 즐거워해주고 축하해주는 친구가 그런 사람이다. 내가 다른 사람들로부터 인정을 받는 것을 즐거워해주는 동료가 그런 사람이다. 누릴 줄 아는 사람은 자기 자신뿐 아니라 주변을 행복하게 만드는 사람이다. 그런 사람은 주변을 환하게 밝혀주고 따뜻하게 해주는 사람이다. 우리는 그런 사람을 만나면 우리의 인생, 성공, 인정 등을 충분히 만끽할 수 있게 된다. 그 반대의 사람은 가까이하기 꺼려진다. 그런 사람을 만나면 쉽사리 마음을 열고 나의 이야기를 하기가 어렵다. 인생을 제대로 누릴 줄 아는 사람은 편안한 사람이다. 속마음을 털어놓고 인생을 나누고 싶은 사람이다. 다른 사람의 행복을 함께 누릴 줄 아는 사람은 상대방으로 하여금 자신의 삶에 감사를 느끼게 해주며 감사한 마음을 표현할 수 있게 해준다.

함께 누린다는 말은 다른 사람을 대할 때 계산적인 태도를 취하는 것이 아니라, 상대방에게 행운을 빌어주고 그가 만난 행운을 축하해주며 기뻐해주는 것을 말한다. '누린다'를 뜻하는 독일어 단어 'Gönnen'의 명사형은 'Gunst' 즉, '은혜', '호의' 등을 뜻한다. 중세 시대 평민들은 군주가 그들에게 은혜나 호의를 베풀면 그것을 기꺼이 받아들이고 누렸다. 당시 사람들은 자신을 지배하는 군주의 은혜나 호의에 의존해 살았다. 은혜나 호의는 항상 더 강한 사람이 베푸는 것이다. 거꾸로 말하면 내가 누군가에게 은혜나 호의를 베풂으로써 내 내면의 힘을 보여줄 수 있다. 물론 여기에서 말하는 은혜나 호의는 위에서 아래로 제공해주는 것이 아니라 마음 깊은 곳에서부터 나오는 것이어야 한다. 은혜나 호의도 지나치게 되면 상대방을 불편하게 만든다. 지나친 호의에 오히려 호의를 베푸는 사람에게 종속되는 느낌을 받기 때문이다. 중세 시대에는 군주의 총애를 받는 사람들이 존재했었다. 그런 사람들은 오늘날에도 존재한다. 어떤 조직에나 그러한 사람들이 있다. 사장의 오른팔이 되기를 자처하는 사람들이다. 사장은 다른 사람들에게는 결코 허용하지 않을 일이라도 자신의 오른팔에게는 무엇이든 허용하곤 한다. 그 대신 자신의 오른팔에게 그만큼의 충성심을 기대한다. 소위 누군가의 오른팔이 되기로 작정한 사람들은 오른손이 한 일을 왼손도 알도록 자신이 한 일들을 알리고 충성의 대가를 기대한다. 인생을 누릴 줄 아는 삶의 태도는 이처럼 특정인에게 호의를 베푸는 태도가 아니라 자기 주변에 있는 모든 사람과 인생을 함께 누리며 즐거워하는 태도다.

세상에는 자기 자신에게조차 각박한 사람들이 있다. 휴가를 받아도 여행 한 번 제대로 하지 못하는 사람들이다. 좋은 식당에 가서 좋은 음식 먹는 것조차 용납하지 못하는 사람들이다. 이런 사람들의 태도와 관련해, 실천적 신비주의자인 클레르보의 성 베르나르도가 교황 에우제니오 3세에게 쓴 서신의 내용이 유명하다. 당시 교황은 업무가 너무 많아 조용히 기도할 시간이 없다고 한탄했었다. 베르나르도는 그런 교황에게 훌륭하다고 칭찬을 했는데, 수많은 업무를 수행하기 때문이 아니라 사람들을 섬기는 데 열과 성을 다하기 때문이라 하였다. 그러면서 다음과 같이 경고하였다. "자신에게서 누릴 시간을 찾으십시오. 다른 모든 사람들을 위해 헌신하듯, 자기 자신을 위해 헌신하십시오. 적어도 다른 모든 사람들을 섬긴 다음에 자기 자신을 돌아보십시오." 그리고 이렇게 말을 이어 나갔다. "세상 모든 사람들이 교황님을 찾을 권리가 있습니다. 그러니 교황님도 교황님 스스로를 찾을 권리가 있습니다. 교황님은 모든 사람들의 바람을 들어주시면서 세상에 단 한 사람, 자기 자신의 바람은 들어주지 않으시는군요. 언제까지 '가면 다시 돌아오지 못하는 바람'시편 78편 39절처럼 사시겠습니까? 언제까지 세상 모든 사람들에게 관심을 쏟으시면서, 자기 자신은 그렇게 내버려 두시겠습니까?" 이해하기 쉽게 시적으로 표현한 편지다. 우리는 가면 다시 돌아오지 못하는 바람처럼 다른 사람들을 이해하고 그들을 위해 헌신해야 한다. 하지만 정말로 다시 돌아오지 못한다면 우리는 사라져버리고 말 것이다. 그러니 우리는 스스로에게도 호의를 베풀 수 있어야 한다. 그렇지 않으면 우리의 마음이 굳어져 버릴 것이다.

다른 사람에게는 충분히 시간을 가질 수 있게 해주면서 스스로에게는 그렇지 못하는 사람들도 있다. 시간뿐 아니라 매사에 다른 사람에게는 관대하면서 자신에게는 각박하게 구는 사람들이 있다. 그런 사람을 대할 때면 마음이 불편하다. 나에게 친절하게 대한다 하더라도 억지로, 강압적으로 호의를 베푼다는 인상을 지울 수 없기 때문이다. 그런 호의는 제대로 누리거나 즐길 수 없다. 요즘 사람들은 지나치게 호의를 베풀어야 한다는 강박에 시달리는 듯 보인다. 자신의 욕구는 억누른 채 말이다. 그러나 스스로에게 충분히 호의를 베풀고 스스로 충분히 누릴 수 있는 사람만이 다른 사람에게 호의를 베풀 수 있다. 그 호의는 상대방으로 하여금 풍족함과 자유를 만끽하게 해주며, 삶의 의욕, 신이 선물하신 것들을 누릴 의욕을 불러일으킨다. 진정한 의미의 누림은 큰 마음을 가진 사람이 경험할 수 있는 것이다. 마음이 넓은 사람만이 자신의 삶을 진정으로 누리고, 다른 사람에게도 인생을 누릴 수 있도록 기꺼이 호의를 베풀 수 있다. 그런 사람은 자기 자신의 있는 그대로의 모습을 수용한다. 그리고 다른 사람들 역시 있는 그대로의 모습으로 받아들인다. 그는 다른 사람들에게 풍성하고 넓은 마음을 느낄 수 있게 해준다. 마음이 좁은 사람은 그럴 수 없다. 마음이 좁은 사람은 관대하지 못하고 옹졸하다. 그리고 끊임없이 다른 사람들을 판단한다.

나는 내 자신과 다른 사람들에게 인생을 누릴 수 있도록 호의를 베푸는 사람이 되었으면 한다. 인생을 누리기 위해 나의 모든 욕구를 다 충족해야만 하는 것은 아니다. 때로는 의식적으로 특정 욕구를 자제시킬 필요가 있다. 적어도 그래야만 하는 순간만큼은 말이다. 호의를 베풀기 위해서는 내적 자유가 전제되어야 한다. 기꺼이 포기하고 즐길 수 있는 사람만이 호의를 베풀 수 있다. 욕구를 잠시 잊을 수 있는 사람, 대단히 고상한 욕구나 일의 효율성을 높이는 데 기여하는 욕구가 아니더라도 그 욕구를 충족하면서 즐거움을 만끽할 줄 아는 사람만이 호의를 베풀고 인생을 누릴 수 있다. 이러한 사람은 자기 자신에게뿐 아니라 주변 사람들에게도 관대하며, 그들과 함께 인생을 누리기도 한다. 인생을 진정 누릴 수 있는 사람은 억압된 질투를 억지스러운 관대함으로 표현해 오히려 마음이 굳어진 그런 사람이 아니다.

너그러운 태도

열다섯 살 난 아들이 입만 열었다 하면 잔인한 말만 한다고 토로하는 아버지를 만난 적이 있다. 아들의 언어는 상대방에 대한 존경심이 없고 인간의 존엄성을 무시하며 상처를 준다고 했다. 아들에게 진지하게 이야기 좀 하자고 하면 아들이 거세게 불만을 표현했다고 한다. '아빠는 세상이 얼마나 잔인한지 모른다.'는 것이 아들의 주장이었다. 아들은 긍휼과 사랑이 넘치는 아름다운 세상은 환상에 불과하고, 진짜 세상은 냉혹하다는 말로 아버지에게 대들었다고 한다.

아들의 이 주장이 사실인지에 관계없이 우리가 고민해야 할 문제는 안 그래도 냉혹한 세계를 우리가 잔인한 언어로 더욱 차갑게 만들 것인지, 아니면 3천년 전부터 위대한 철학자들과 성경의 저자들이 착한 사람의 태도로 소개하는 너그러움을 실현함으로써 세상을 변화시킬 것인지이다.

사도 바오로는 필리피 신자들에게 보낸 서간에서 "여러분의 너그러운 마음을 모든 사람이 알 수 있게 하십시오. 주님께서 가까이 오셨습니다."4장 5절라고 경고하였다. 바오로는 이 경고에 앞서 신자들을 향하여 기뻐하라고도 명하였다. 기쁨은 새로운 태도로서 그리고 더 너그러운 방식으로 표현되어, 주변에 밝고 긍정적인 영향을 확산시켜 준다. 이러한 영향력을 행사해야만 하는 이유는 바로 주님께서 가까이 오셨기 때문인 것이다. 그리스도께서 가까이 오셨고, 내가 그분에게 가까이 다가가 그분 가까이에 살기 때문에 바깥으로 발산되는 나의 모습, 나의 영향력이 변하는 것이다. 내 마음이 그리스도로 충만해지면 나는 너그러움을 베풀 수 있는 사람이 된다. 그분이 나의 마음에 너그러움을 허락하시기 때문이다. 바오로는 너그러운 마음을 예수님의 본성이라 설명한다. 따라서 그리스도인이라면 삶의 태도에서 너그러움을 베푸시는 그리스도의 모습이 조금이라도 나타나야 한다는 것이다.

에페소 신자들에게 보낸 서간을 인용하면 너그러운 마음은 빛의 자녀 또는 열매라 할 수 있다. "빛의 열매는 모든 선과 의로움과 진실입니다."5장 9절 에페소 신자들에게 보낸 서간의 저자는 그리스도인들에게 다음과 같은 요구를 하기도 한다. "서로 너그럽고 자비롭게 대하고, 하느님께서 그리스도 안에서 여러분을 용서하신 것처럼 여러분도 서로 용서하십시오."4장 32절 이 구절들을 묵상하면 너그러움이라는 것이 정의, 진실, 긍휼, 용서 등과 같은 유사한 태도들과 관련이 깊다는 사실을 알 수 있다.

독일어로 'Güte'라고 쓰는 '너그러움'이라는 단어 자체는 '좋다' 또는 '착하다'는 말과 깊은 연관성이 있다. 너그러움이란 일차적으로 나 자신에게 착하게 또는 좋게 대하고, 나 자신에 대한 분노나 미움을 거두는 것을 말한다. 사실 많은 그리스도인들조차도 자신을 너그럽게 대하지 못한다. 그들은 스스로를 비판하고, 자기 자신이 설정한 기준에 못 미칠 경우 스스로에게 형벌을 내리는 사람들이다. 자신에게 착하게 또는 좋게 대한다는 말은 실수와 부족한 점에도 불구하고 자기 안에 착하고 좋은 면이 있음을 믿고 그러한 부분들을 끄집어 내는 것을 말한다. 스스로에게 너그러울 수 있는 사람은 신의 너그러움을 짐작할 수 있다. 신은 우리에게 너그러운 분이시다. 신은 우리를 판단하시지 않는다. 신은 우리를 끝없이 용서해주시는 긍휼이 많으신 분이시다.

너그러움은 더 나아가 다른 사람도 착하게 또는 좋게 대하는 태도를 말한다. 너그러운 마음은 다른 사람을 대할 때 그 사람의 실수를 따지지 않고 용서한다는 사실을 전제로 한다. 너그러움은 다른 사람을 대할 때 그 사람의 착하고 좋은 면에 초점을 맞추고, 그 사람의 실수나 약점을 토대로 그 사람을 평가하지 않는다는 사실을 전제로 한다. 다른 사람에게 좋은 면이 있다고 믿는 사람만이 그로부터 좋은 면을 이끌어 낼 수 있다. 만일 다른 사람의 실수만 지적한다면 달라질 것이 별로 없을 것이다. 상대는 내가 상대를 판단하고 평가한다는 사실을 느낄 수밖에 없기 때문이다. 그렇게 되면 상대는 자신을 합리화시키려고 할 뿐, 어떠한 변화도 기대할 수 없게 된다.

어떤 사람이 너그럽다고 하면 우리는 그 사람이 무엇보다도 다른 사람을 판단하지 않는 사람일 것이라고 기대한다. 너그러운 사람은 다른 사람의 실수나 잘못을 보지 않는 사람이다. 누구든지 자신의 어두운 부분도 보여줄 수 있는 사람이 너그러운 사람이다. 어두운 부분을 보았다고 해서 상대를 거부하지 않기 때문이다. 너그러운 사람은 상대방이 어떻든 간에 너그러운 태도를 유지한다. 너그러운 사람은 상대방 안에 착하고 좋은 면이 존재한다는 확신을 버리지 않는다. 너그러운 사람은 따스한 시선으로 상대방을 바라본다. 그 시선에는 비판하거나 판단하려는 의도가 없다. 그러한 시선은 상대방에게 유익한 것이다. 그래서 사람들은 너그러운 사람과의 만남을 좋아한다. 그런 사람을 만나면 보다 좋은 사람이 되고, 너그러운 마음으로 내 자신과 다른 사람을 바라볼 수 있게 되기 때문이다.

너그러움은 온화함, 친절, 온유와 닮아 있다. 이러한 삶의 태도들은 상호 연결되어 있다고 볼 수 있다. 사도 바오로 역시 그렇게 생각했다. "그러나 성령의 열매는 사랑, 기쁨, 평화, 인내, 호의, 선의, 성실, 온유, 절제입니다." 갈라티아 신자들에게 보낸 서간 5장 22-23절 여기에서는 너그러움과 가장 가까운 두 개념인 '호의'와 '선의'만 살펴보고자 한다. 두 단어의 그리스어 원어는 사실 모두 '너그러움'으로 번역 가능하다. '호의'는 원어로 '크레스토테스'라 하는데, 이 그리스어는 대부분 '너그러움'이라고 번역된다. 원래는 '정직성'과 '유용성'을 가리키던 말이었다고 한다. 더 나아가 '너그러움', '친절함', '온유' 등의 의미도 내포하고 있다. 이 태도들은 종종 통치자나 지도자에게 요구되는 것으로 소개된다. 지도자는 온화하고 인간적일 때 칭찬을 받는다. 금욕주의자들은 이 태도들을 실천하는 사람들을 향해 지나치게 관대하거나 지나치게 양보를 많이 한다고 비판을 하기도 한다. 온화함이라는 독일어 단어 'Milde'는 'mahlen' 즉, '갈다'라는 단어에서 유래하였다. 온화한 사람은 삶이라는 방앗간에서 갈리고 으깨어진 사람이다. 그는 가슴 아픈 경험도 하였고 그 경험들이 그를 온화하게 만들었다. 그러나 '크레스토테스'는 '유용한' 또는 '용감한'이라는 뜻을 내포하고 있기도 하다. 다시 말해 너그럽고 온화한 사람은 삶의 어려움에 맞설 용기가 있는 사람이며, 너그럽고 온화한 태도를 지키기 위해 삶의 어려움을 딛고 일어날 수 있는 사람인 것이다. 온화하다고 해서 게으르거나 수동적인 것이 아니고, 유용하고 쓸모가 있는 사람인 것이다. 너그러운 태도를 통해 삶을 발전시키고 새롭게 만드는 사람인 것이다. 어떻게 보면 너그러움은 선한 일을 할 수 있게 해주는 원동력이다.

바오로는 앞 구절에서 선의(아가토씨네) 즉, 착함도 소개하고 있다. 선의 역시 궁극적으로 너그러움이나 친절함과 비슷한 의미를 지닌다. 공동번역에서는 '크레스토테스'를 '친절함' 그리고 '아가토씨네'는 '너그러움'으로 번역하였다. 이 삶의 태도는 선하고 착한 일을 추구하며 다른 사람을 생각할 때 좋은 면을 떠올리며, 다른 사람과 좋은 관계를 유지하는 사람을 의미한다. '크레스토테스'가 내적 온화함과 너그러움을 가리키는 반면 '아가토씨네'는 선을 추구하며, 성실하게 옳은 일을 하며 사는 사람의 속성을 지칭한다. 두 가지 삶의 태도는 사실상 하나다. 온화하고 너그러운 태도로 자기 자신과 다른 사람을 대하는 사람은 자신의 결점이나 다른 사람의 실수에 집착하지 않기 때문이다. 그런 사람은 좋은 것, 선한 것에 집중하며 계속해 실망하더라도 자신이나 다른 사람에게 내재되어 있는 착하고 좋은 것에 대한 희망과 확신을 가질 수 있는 사람이다. 그리고 이 믿음은 결국에는 착하고 좋은 것을 이끌어 내주게 된다.

너그러운 삶의 태도를 정의하기란 쉽지 않다. 그래서 너그러움은 에둘러 설명하는 수밖에 없다. 내 안에 존재하는 너그러운 마음이 나를 이끌어 주고 나에게 유익함을 선사한다. 이 정도가 내가 할 수 있는 설명의 전부다. 만일 나에게 보다 구체적으로 너그러움을 묘사하라고 하면 어떻게 말을 이어 나가야 할지 난감할 것 같다. 너그러움이 무엇인지는 우리 마음이 제일 잘 안다. 그리고 우리 마음은 누가 너그럽고 온화한지를 정확하게 알아차린다. 우리는 스스로에게 너그러워지고 주변 사람들에게 너그러워지기 위해서 너그러운 사람들 주변에 있어야 한다. 너그러운 사람으로 산다는 것, 너그러운 존재로서 너그러움을 발산하며 산다는 것은 다른 무엇보다도 자기 자신에게 유익하고 행복한 일이다.

돕는 태도

사람은 위급한 상황에 처하면 도와달라고 외친다. 나의 힘으로는 문제를 해결할 수 없음을 인식하고 누군가가 나를 도와주기를 바란다. 또한 도움을 구하는 누군가의 외침을 들으면 도와야 한다는 생각을 즉시 하게 된다. 다른 사람의 고통이나 불행을 가슴 아파하고 도움을 주고 싶어한다. 누군가에게 도움을 주는 것, 누군가로부터 도움을 받는 것은 인간다운 삶의 모습이다. 도움을 주고받고 싶어하는 마음은 어린아이들에게도 있다. 도움의 필요성을 극적이고 심각한 상황에서만 느끼는 것은 아니다. 도움의 필요성은 사람들 간의 관계 속에서 경험하게 되는 기본적인 삶의 요소이다. 누군가는 '돕다'라는 단어가 '사랑하다' 다음으로 가장 아름다운 단어라고 말하기도 했다.

1970년대 독일에서는 심리학자 볼프강 슈미트바우어가 쓴 『무력한 조력자』가 큰 관심을 끌면서 돕는 것의 개념에 대한 재고가 제기되었다. 그는 사람들을 돕는 직업을 가진 사람들 중에는 오히려 도움을 필요로 하는 사람들이 많음을 발견하였다. 어떤 사람들은 자신이 강하다는 느낌을 받기 위해 다른 사람을 돕는 직업을 선택한다고 한다. 다른 사람을 도울 때만 자신의 자존감을 느끼는 사람들인 것이다. 슈미트바우어의 이러한 관점은 타당하지만, 다른 사람을 돕는 일이 사실은 자신의 우월함을 느끼기 위한 것은 아닌가 하는 의문을 확산시켰다. 사람들의 이러한 의문은 돕는 일을 하는 사람들의 기쁨을 빼앗는 결과를 낳기도 했다. 다른 사람을 돕는 것은 자기 자신에게도 좋은 일이다. 맞는 말이다. 그런데 마치 이것이 잘못된 것처럼 생각하는 사람들도 있다. 하지만 돕는 사람이 스스로 기쁨을 느끼는 것은 매우 정당한 일이다. 다른 사람을 도울 때 느끼는 기쁨은 나보다 아래에 있는 사람을 내려다보며 느끼는 우월감과는 다르다. 우리는 다른 사람에게 도움을 줄 때 그냥 기분이 좋다. 넘어져 있던 사람이 나를 통해 다시 바르게 일어설 수 있다는 사실이 감사하다. 우리는 기분이 좋아지기 위해서가 아니라 상대방이 나의 도움을 필요로 하기 때문에 돕는 것이다. 다른 사람을 도울 때 우리는 나 자신을 잊게 된다. 내가 아닌 상대방에게 집중함으로써 그 사람이 필요로 하는 것을 주게 된다. 나를 잊은 채 다른 사람을 도울 때 우리는 감사와 내적 평안을 선물로 받는다.

성경에 따르면 사람은 근본적으로 도움을 필요로 한다. 시편의 저자는 신께 도움을 청하며 신을 "우리를 돕는 분"이라 칭한다. "저희를 도우러 일어나소서."시편 44편 27절 "하느님, 어서 저를 구하소서. 주님, 어서 저를 도우소서."시편 70편 2절 400년경 요한 카시아누스는 수도사들에게 시편 70편 2절 말씀을 항상 지니고 다니면서 마음에 새기도록 하였다. 그는 이 말씀이 신이 우리와 함께 계신다는 믿음을 준다고 했다. 이 말씀은 우리를 보호해주며, 신 안에서의 깊은 평안과 자유를 누리게 해준다. 이외에도 성경은 우리에게 또 다른 메시지를 준다. 신은 우리를 서로의 협력자로 보내주셨다는 사실이다. 신은 아담을 창조하시면서 이렇게 말씀하셨다. "사람이 혼자 있는 것이 좋지 않으니, 그에게 알맞은 협력자를 만들어 주겠다."창세기 2장 18절 신은 사람을 도울 동물들을 먼저 만드셨다. 그러나 아담은 "사람인 자기에게 알맞은 협력자를 찾지 못하였다."창세기 2장 20절 그래서 신은 아담의 갈빗대로 하와를 지으셨다. 남자와 여자를 서로의 협력자로 만드셨다. 사람은 서로에게 도움을 주고 도움을 받는 존재로 만들어졌다. 나의 도움을 필요로 하는 사람을 외면하는 것은 진정한 삶을 살지 못하는 것이다.

예수님은 선한 사마리아인의 비유를 통하여 스스로를 선하게 여기면서 다른 사람을 돕지 않는 사람에 대하여 경고하신다.루카복음 10장 30-35절 한 사람이 강도를 만나 모든 것을 빼앗기고 심한 상처를 입은 채 길가에 쓰러져 있었다. 신앙심이 깊은 사제와 레위인은 모른 체하고 지나가 버렸다. 그 사람을 피해 길 반대쪽으로 발걸음을 옮겼다. 하지만 이방인인 한 사마리아인은 그 사람을 보고 가엾은 마음이 들었다. 그는 어떻게 해야 할지 잠시 고민을 한 후 그 사람을 돕기로 마음을 정했다. 그에게 다가가 상처에 기름과 포도주를 붓고 상처를 싸매었다. 그리고 그를 자기 노새에 태워 여관으로 데려갔다.

오늘날에도 이러한 경우가 많다. 많은 사람들이 자신의 유익을 우선시하면서 다른 사람을 돕는 일을 회피한다. 어떤 사람들은 다른 사람을 도울 마음의 여력이 없다. 누군가에게 자신을 내주는 것에 대한 두려움이 크기 때문이다. 예수님은 이 비유를 통하여 우리가 어려운 사람을 평생 책임져야 하는 것이 아님을 알려 주신다. 사마리아인은 다친 사람을 여관의 주인에게 맡긴다. 어려운 사람을 돕는다는 것은 그 사람의 모든 것에 대해 전적으로 책임을 지는 것이 아니라, 그 사람이 쉬며 회복할 수 있는 공간을 찾아 주는 것이다. 어떤 사람들은 선한 사마리아인의 비유를 듣고 마음의 큰 부담을 갖기도 한다. 도움이 필요한 모든 사람을 돕지 않으면 양심의 가책을 느끼는 것이다. 예수님은 우리가 어려운 사람을 도울 수 있는 눈을 갖게 하시려고 이 비유를 말씀하셨다. 우리에게 양심의 가책을 느끼도록 하신 말씀이 아니다. 우리는 모든 사람을 도울 수 있는 신이 아니다. 우리가 해야 할 일은 눈을 크게 뜨고 마음의 소리에 귀를 기울이는 것이다. 우리는 나의 도움을 필요로 하는 사람을 도와야 한다는 마음의 소리를 이런저런 핑계로 듣지 않는 경우가 많다. '나는 능력이 없어.'라며 돕기를 꺼려하는 자신을 합리화시킨다. "돕는 일은 의사나 심리학자 같은 전문가들이 해야지, 나 같은 사람은 할 수 없어."라고 말한다. 누군가를 돕는다는 것은 그 사람을 치료하는 것이 아니다. 우리가 해야 할 일은 어려운 사람의 곁에 함께 있어 주는 것이다. 함께 있어 주는 것만으로도 우리는 충분히 큰 도움을 줄 수 있다. 어려운 상황을 견뎌낼 수 있는 힘을 잃은 사람은 곁에서 자신을 지켜주는 사람을 필요로 한다. 우리가 가지고 있는 능력 이상의 것을 주라는 것이 아니다. 예수님은 우리가 서로에게 좋은 협력자가 되어 도움을 줄 수 있다고 믿으신다. 누군가를 도와야 한다는 마음의 소리가 들릴 때 '이 마음이 이기적인 동기에서 생겨난 것은 아닌가?' 하는 의심을 항상 할 필요는 없다. 우리는 마음의 소리를 신뢰해야 한다. 만약 우리의 마음에 이기적인 동기가 섞여 있어도 괜찮다. 중요한 것은 우리가 누군가를 돕는다는 것이다.

때로는 누군가를 도우면서 이용당하는 경험을 하기도 한다. 그럴 때 우리는 실망감과 분노를 느낀다. 이러한 감정을 느낄 때는 진지하게 생각해볼 필요가 있다. 혹시 내 마음속에 나를 너무 앞세웠던 것은 아닐까? 아니면 내가 정말 이용당하고 있는 것인가? 만약 이용당하고 있다면 더 이상 이용당하지 않도록 대처해야 한다. 내가 상대방의 모든 문제를 해결해주는 것이 아니라, 상대방을 더 신뢰해 상대방으로 하여금 스스로 문제를 해결하도록 도와야 한다. 돕는 일을 하면서 우리가 겪을 수 있는 이러한 어려움을 예수님은 잘 아신다. 루카복음서에는 선한 사마리아인의 비유에 이어 마르타와 마리아의 집을 방문하시는 예수님의 이야기가 기록되어 있다. 마르타는 예수님과 제자들의 시중을 드느라 분주한 반면, 동생 마리아는 가만히 앉아 예수님의 말씀을 듣고 있었다. 마르타는 화를 내며 말한다. "주님, 제 동생이 저 혼자 시중들게 내버려 두는데도 보고만 계십니까? 저를 도우라고 동생에게 일러 주십시오." 루카복음

10장 40절 마르타는 사람들을 섬기는 좋은 일을 하고 있다. 하지만 자신의 노력을 충분히 알아주지 않는 예수님과, 가만히 앉아 일을 돕지 않는 동생에게 화가 나 있다. 하지만 예수님은 동생 마리아의 편을 들어주신다. 때로는 가만히 앉아서 예수님이 나에게 하시는 말씀, 나의 내면의 소리에 귀를 기울일 필요가 있다. 다른 사람을 위하는 일과 나를 위하는 일 사이에는 항상 갈등이 존재한다. 물론 예수님은 우리가 어려운 사람들을 돕기를 원하신다. 하지만 우리가 양심의 가책에 시달리거나 쉬지도 못한 채 일하기를 원하시는 것은 아니다.

내가 누군가를 돕는 것만큼 내가 도움을 받는 것도 중요하다. 나는 약하기 때문이다. 때로는 나를 위한 조용한 시간을 가지면서 나의 약함을 인정하고 신께 도움을 청해야 한다. 다른 사람을 위하는 일과 나를 위하는 일 사이의 갈등을 잘 극복해 나갈 때 나의 돕는 일이 다른 사람에게도, 나에게도 축복이 될 수 있다.

헌신적인 태도

우리는 직장생활에 최선을 다하는 사람을 보면서 직장에 헌신했다는 표현을 쓰곤 한다. 정성을 다해 헌신적으로 바나나 껍질을 벗기던 한 수도사의 이야기가 있다. 당시 바나나는 구하기 어렵고 값비싼 과일이었다. 그래서 수도사는 귀한 바나나를 조금이라도 더 먹고 즐기기 위해 정성을 다해 껍질을 벗겼던 것이다. 나는 헌신적으로 식탁을 차리곤 하는 한 가정주부를 안다. 그녀는 식사를 준비하는 일에 온전히 집중한다. 왜냐하면 식구들이나 손님들을 위해 음식을 준비하고 식탁을 차리는 것이 자신이 사랑으로 수행해야 할 소명이라고 생각하기 때문이다. 어떤 일에 온전히 집중하고 헌신적으로 임한다는 것은 그 일을 사랑하기 때문에 가능한 것이다. 어떤 일에 헌신한다면 그 일은 성공할 것이다. 헌신한다는 것은 내가 하는 일에 온 마음을 다한다는 뜻이다.

헌신은 내가 하는 일에 몰두한다는 뜻도 된다. 나의 마음이 나뉘어 있지 않은 상태로 어떤 일에 임하는 것이다. 내가 하는 일을 건성으로 하지 않는다는 것이다. 내 모든 정신을 하는 일에 쏟아붓는 것이다. 그리고 이것은 직업적 활동이나 행위에만 해당되는 건 아니다. 아름다운 경치를 바라보는 것에 또는 미술관에서 작품을 감상하는 것에 몰두하고 헌신적인 자세로 임할 수 있다. 음악을 들을 때 귓가에서 음악을 흘려보내지 않고, 음악이 나를 완전히 사로잡고 내가 온전히 음악 감상에 몰두할 수도 있다.

그러나 누가 뭐래도 헌신의 절정은 사랑이다. 남녀가 육체적 사랑을 나누면서 하나되는 순간 둘은 온전하게 서로에게 헌신한다. 각자의 자아를 버리고 상대방에게 집중하며 상대방에게 자신을 완전히 내준다. 예수님은 우정에 대해 설명하시면서 헌신적인 자세를 언급하신 적이 있다. “친구들을 위하여 목숨을 내놓는 것보다 더 큰 사랑은 없다.” 요한복음 15장 13절 그리스어 원문을 살펴보면 ‘티테나이’라는 단어가 사용되었다. 이 단어는 ‘자신의 목숨을 거는 것’으로 해석될 수도 있다. 최고의 헌신은 자신의 목숨을 바치는 행위다. 고대 그리스인들은 바로 친구를 위해 목숨을 버릴 수 있는 사랑이 최고의 우정이라고 정의했던 것이다.

성 베네딕토는 'ora et labora' 즉, '기도와 일'이라는 표현을 사용하였다. 이 말의 의미는 기도를 할 때뿐 아니라 일을 할 때에도 헌신적인 태도가 필요하다는 것이다. 헌신이란 자아로부터 자유로워지고 신께 온전히 자신을 내맡기고 신께 자신을 드리는 것을 의미한다. 일을 할 때에도 마찬가지라는 것이다. 자신에게 주어진 일에 온전히 자신을 바치는 것, 내가 대하는 사람에게 전적으로 봉사하는 것을 말한다. 예를 들어 고객을 상담해주거나 컨설팅을 할 때 그러한 태도로 임하라는 것이다. 내가 상대하는 고객에게 헌신하는 것이다. 성 베네딕토는 자신이 맡은 일이나 자신이 대해야 하는 사람들에 대한 이러한 자세가 기도 중에 신 앞에서 가져야 할 자세와 동일하게 중요하다고 보았다. 그는 일에 헌신한다면, 일이 기도가 된다고 설명하였다. 그렇게 되면 삶 전체가 헌신이 되며 기도가 된다. 헌신은 자아로부터의 해방, 자기 자아에 집중하던 태도에서 벗어나는 것과 직결된다. 헌신의 순간 나 자신을 망각하고 나의 마음과 생각은 대화의 상대 또는 기도의 대상에게 온전하게 집중하게 되기 때문이다.

헌신은 부부 관계나 가족 관계에 있어서 중요한 태도다. 과거에는 헌신을 설명하기 위해 '희생'이라는 단어를 사용하기도 하였다. 그러나 오늘날에는 희생이라는 개념에 대해 사람들이 회의적인 경우가 많다. 희생이라고 하면 자신의 욕구를 무시하는 것을 전제로 하기 때문이다. 그리고 때로는 희생하는 사람이 희생하는 대가를 요구하기도 한다. '내가 당신들을 위해 모든 것을 희생하니, 당신들도 나에게 특정 대가를 제공해야 한다.' 오늘날에는 희생보다는 자기개발이 더 가치 있게 여겨진다. 그렇지만 여전히 희생 없이는 그 어떤 인간 관계도 유지될 수 없다. 남편과 아내가 각자 자신의 주장을 펼치려고만 하고 자신의 자아실현에만 관심이 있다면, 한스 옐루셰크가 말했던 것처럼 '진정성의 횡포'가 일어난다.한스 옐루셰크, 『부부로 사는 법』 65쪽 위르그 빌리라는 부부심리치료사는 "남녀 관계를 욕구 해소를 위한 관계로 이해한다면 그 관계는 상호 약탈의 관계가 된다."고 하였다. 현대인에게 있어서 자기개발과 헌신이라는 양극단 사이에서 균형을 찾는 것이 중요하다. 한쪽으로 지나치게 기울어질 경우에는 절대적인 이기주의 또는 자기 포기나 상실로 이어진다. 헌신은 스스로를 포기하는 것과는 다르다. 옐루셰크는 "인간은 자기에 대한 헌신을 통해서만 최대한의 자기개발을 달성할 수 있다. 용기를 내지 못하고 주저하는 사람은 가장 극단적인 자기 상실을 경험하게 된다. 스스로에게 헌신하는 사람은 완전해진다."『부부로 사는 법』 67쪽라고 했다.

헌신은 신과의 관계 속에서도 필요한 것이다. 이때 헌신은 신께 전적으로 의지하는 것을 말하기도 한다. 그러나 헌신은 신과의 관계 외의 상황에서도 필요하다. 예를 들어 음악에도 헌신할 수 있다. 바이올린을 연주하면서 이 연주가 다른 사람들에게 어떻게 들릴지 등의 다른 생각이 완전히 사라지는 순간이 바로 그때다. 헌신은 자기 자신보다 큰 것이 우리의 존재를 완전히 투과해 나타나는 현상이라고 볼 수도 있다. 기술적으로 완벽하게 노래하는 가수가 있는 반면, 기술적으로는 조금 부족해도 노래로 듣는 사람들을 완전히 사로잡아 버리는 가수가 있다. 후자의 경우 더 이상 가수가 아닌 노래가 무대와 관객을 장악하는 것이다. 그 노래는 듣는 사람들의 영혼을 울린다.

성직자들 중에도 다양한 사람들이 있다. 철저하게 금욕 생활을 하거나 하루도 빠짐없이 매일 두 시간씩 기도를 하는 사람들이 있다. 스스로 성직자라고 느끼기 위해서 그런 경우가 많다. 다시 말해 자기 자아를 중심으로 사는 사람들이다. 반면 신께 자신을 완전히 내맡기는 사람들이 있다. 그들은 실질적으로 신과 만나게 된다. 그들은 자기 자신이나 다른 사람에게 비치는 자신의 모습이나 다른 사람에게 미치는 영향력을 잊어버리고 오로지 신께만 집중하게 된다. 이렇게 순수한 헌신을 통해 사람은 완전한 존재감, 자유, 충만, 생명력, 사랑을 느낄 수 있게 된다.

궁극적으로 헌신은 예수님이 말씀하셨던 자기부인으로 정의될 수 있다. 자기부인은 세상만사를 자기 중심적으로 대하며 자기의 이해를 위해 이용하려는 자아의 지배로부터 자유로워지는 것을 말한다. "예수님께서 제자들과 함께 군중을 가까이 부르시고 그들에게 말씀하셨다. '누구든지 내 뒤를 따르려면 자신을 버리고 제 십자가를 지고 나를 따라야 한다. 정녕 자기 목숨을 구하려는 사람은 목숨을 잃을 것이고, 나와 복음 때문에 목숨을 잃는 사람은 목숨을 구할 것이다.'" 마르코복음 8장 34-35절 예수님은 자신을 버리라고 말씀하셨는데, 이는 자아의 끝없는 요구를 거절하고 우리 마음이 제시하는 길을 따라 나아가는 것이다. 헌신이란 목숨을 구하려는 것이 아니라, 예수님을 위해 목숨을 잃는 것이다. 그리스어 원어를 살펴보면 '프쉬케(영혼)' 그리고 '소조(구하다, 보존하다)'라는 단어들이 사용되었다. 다시 말해 자기 영혼에 집착하고 자기 영혼을 보존하며 자기 자신을 내려 놓지 못하는 사람은 결국 자기 영혼을 상실해버린다는 것이다. 스스로를 내려 놓고 신께 헌신할 때 비로소 자기 영혼을 구할 수 있게 되는 것이다.

나는 헌신이 또 다른 측면을 가졌다고 생각한다. 헌신은 외부로부터 주어진 것들을 사랑으로써 변화시키는 기술이기도 하다. 예를 들어 보겠다. 나는 고령의 어머니에게 건강 문제나 생활의 불편함을 어떻게 극복하느냐고 여쭤본 적이 있다. “너희들을 위해 그리고 손주들을 위해 헌신하면 되지.” 어머니는 노년에 겪기 시작한 건강상의 문제들이나 생활의 불편함들을 자신이 원하거나 선택한 것은 아니다. 모두 외부로부터 주어진 것들이다. 그러나 어머니는 헌신으로써 그 현상과 상황을 바꾸어 놓았다. 우리 형제들 그리고 우리의 자녀들은 어머니의 헌신과 사랑을 충분히 느낄 수 있다. 어머니로부터 가족을 향한 사랑이 발산된 것이다. 그래서 손주들도 할머니를 보고 싶어하고 자주 방문한다. 노년에 질병에 집착하면서 자신을 찾아오는 모든 사람들에게 젊고 건강하다는 이유만으로 미안함을 느끼게 하고 그들을 불편하게 하는 노인들도 많다. 그런 사람들은 사랑이 아니라, 불평과 불만을 퍼뜨린다. 예수님 역시 십자가에 매달려 그 상황을 헌신과 사랑으로써 변화시켰다. 예수님은 죽음을 선택한 것이 아니다. 예수님의 죽음은 예수님에게 주어진 상황이었다. 그럼에도 불구하고 예수님은 "아버지께서는 내가 목숨을 내놓기 때문에 나를 사랑하신다. 그렇게 하여 나는 목숨을 다시 얻는다."요한복음 10장 17절라고 하셨다. 예수님은 자신을 향해 다가오는 잔인한 죽음을 사랑과 헌신의 순간으로 바꾸셨다. 자신을 내어주고 헌신하는 사람은 생명을 얻고 그 생명은 아름다운 열매를 맺게 되어 있다. 이 열매는 다른 이들에게뿐 아니라 자기 자신에게도 축복이 된다.

희망하는 태도

1960년대는 희망찬 변혁의 시대였다. 에른스트 블로흐의 저서 『희망의 원리』가 큰 관심을 불러일으켰고, 개신교 신학자 위르겐 몰트만이 집필한 『희망의 신학』은 제2차 바티칸 공의회 이후 가톨릭교의 철학에도 큰 영향을 끼쳤다. 정치계에서도 희망의 목소리가 높아졌다. 더 살기 좋고 평화로운 세상을 만들 수 있을 것이라는 기대가 커져 갔다. 사람들은 더 나은 세상을 꿈꾸었다. 하지만 오늘날에는 이러한 기대와 꿈이 많이 사라진 듯하다. 미래에 대하여 긍정적이었던 시선은 부정적으로 변하고 있다. 환경 파괴, 테러, 전쟁이 증가하고 있는 이 세상의 미래는 희망이 없어 보인다.

'희망하다'를 의미하는 독일어 단어 'hoffen'은 '폴짝 뛰다(hüpfen)'와 친척 관계에 있는 단어이다. '희망하다'는 '기대가 되어 신이 나서 폴짝 뛰다'를 의미한다. 희망하는 것은 어떠한 사람이나 일을 기쁨으로 기다리는 것이다. 희망은 기쁨이고 기다림이다. 희망하는 것은 앞으로 다가올 것을 적극적으로 기다리는 것이다. 희망찬 태도로 사는 사람은 기쁨과 생명력으로 충만하다. 희망은 희망이 없어 보이는 현실 속에서도 자라난다. 반면 희망이 없는 사람은 내적 힘과 젊음을 잃는다. 단테의 『신곡』에서 지옥문에 새겨져 있는 글귀는 희망이 없는 곳이 바로 지옥임을 말해 준다. "여기 들어오는 자, 모든 희망을 버리라!" 희망이 없는 삶은 삶이 아니다. '가장 마지막까지 살아 있는 것은 희망이다.'라는 독일어 격언이 말해 주듯 희망이 사라졌다는 것은 죽음을 의미한다.

프랑스의 실존주의 철학자 가브리엘 마르셀은 기독교적 신앙을 바탕으로 한 희망의 철학을 제시했다. 그는 무엇인가에 대한 단순한 바람과 절대적인 희망을 구분했다. 사람이 절대적으로 희망하는 것은 빛과 자유다. 우리는 우리의 존재가 밝아지고 우리의 내면이 자유로워지기를 희망한다. 마르셀에 의하면 희망하는 태도와 낙관주의적인 태도에는 근본적인 차이가 있다. 낙관주의적인 사람은 주변의 상황과 환경이 긍정적으로 변할 것이라고 믿는다. 하지만 희망하는 태도의 사람은 주변의 상황이나 환경이 아닌 자신이 변화의 주체가 된다. 진정한 희망의 본질적 대상은 다가올 어떠한 일이 아니라 나와 나의 삶이다. 나와 나의 삶이 새로워지기를 희망하는 것이 진정한 희망이다. 희망은 낙담의 유혹이 있는 곳에서만 존재한다.

타지에 나가 소식이 없는 아들을 둔 아버지가 아들의 편지가 오기를 희망한다고 생각해보자. 아버지의 희망은 좌절될 수도 있다. 희망이 성취되는 방법을 우리가 마음속에 구체적으로 정해 놓는다면, 희망은 단순한 바람이 되어버릴 수 있다. 마르셀은 희망은 상상력보다 더 뛰어나다고 했다. 우리는 희망하는 바에 대한 구체적인 모습을 상상하는 것을 그만두어야 한다. 희망과 바람을 잘 구분해야 한다. 우리가 다른 사람에 대하여 갖는 바람은 좌절될 수 있다. 하지만 희망은 좌절될 수 없다. 누군가에 대하여 희망한다는 것은 그 사람에게서 아직 볼 수 없는 내면의 모습을 희망하는 것이기 때문이다. 그 사람의 내면이 신이 원하시는 모습으로 성장하기를 원하는 것. 이것이 누군가에 대하여 우리가 가져야 하는 진정한 희망이다.

에른스트 블로흐는 희망을 품고 희망을 주는 사람의 행위만이 가치가 있다고 했다. 훌륭한 건축가는 아름다움, 더불어 사는 삶, 안전과 보호에 대한 희망을 짓는 건축가이다. 우리는 희망의 사람인가? 아니면 좌절과 포기의 사람인가? 앞서 언급했듯 희망은 낙관주의와는 다르다. 우리는 보지 못하는 것을 희망한다고 로마 신자들에게 보낸 서간의 저자는 말한다. 우리는 우리의 삶이 나아지기를 희망한다. 나는 개인적으로 나의 모든 행동과 말과 글이 사람들에게 희망을 주기를 희망한다. 가치 있고 멋진 삶을 살 것이라는 희망, 각자의 삶을 통하여 세상에 희망을 줄 수 있을 것이라는 희망을 사람들에게 주기를 희망한다.

그리스도인은 사회에서 희망의 누룩이 되어야 한다. 베드로의 첫째 서간은 이렇게 충고한다. "여러분이 가진 희망에 관하여 누가 물어도 대답할 수 있도록 언제나 준비해 두십시오."베드로의 첫째 서간 3장 15절 이 말씀은 희망이 구체적인 태도를 변화시킨다는 사실을 보여 준다. 희망을 갖는 한 우리는 사고나 죽음과 같은 불행한 사건이 생겨도, 우리를 공격하는 사람이 있어도 낙담하지 않을 수 있다. 성경의 저자들은 희망의 근거가 무엇인지 항상 잊지 말아야 한다고 강조한다. 우리는 의로움 때문에 고난을 겪는다 하여도 행복할 수 있고, 사람들이 우리를 두렵게 하여도 두려워하지 않을 수 있다.베드로의 첫째 서간 3장 14절 중요한 것은, 우리가 왜 그럴 수 있는지에 대한 대답을 나에게 그리고 사람들에게 줄 수 있어야 한다.

베드로의 첫째 서간 당시의 독자들과 오늘날 우리가 살아가는 현실의 상황은 다르다. 당시의 사람들은 반기독교적 세력에 의해 고난을 당했지만, 오늘날의 우리는 우리 스스로의 문제로 고난을 겪는다. 좌절과 우울 등의 내면의 문제로부터 시달린다. 이외에도 법이나 세금과 같은 제도들을 통하여 점점 더 개인의 삶을 간섭하고 옥죄는 사회적 환경으로부터 시달린다. 우리는 삶이 순탄하기를, 몸이 건강하기를, 마음이 건강하기를 원한다. 하지만 현실은 다르다.

희망하는 것은 단순히 삶을 긍정적으로 바라보는 것이 아니라 삶의 태도를 변화시키는 것이다. 우리는 희망하며 살아갈 수 있는 이유를 끊임없이 되새겨야 한다. 우리에게는 희망이 있기 때문에 다른 사람들과 다르게 살 수 있다. 우리는 희망하며 살아갈 수 있는 이유를 다른 사람들에게 설명할 수 있어야 한다. 누군가가 당신에게 희망의 근거가 무엇인지 묻는다면 형식적으로만 대답하지 않기를 바란다. 단순히 성경의 구절을 인용하여 말하는 것이 아니라, 어려운 내적 외적 환경 속에서도 내가 확신과 기쁨을 가지고 희망하며 살아갈 수 있는 진정한 이유를 먼저 마음속에 되새기기를 바란다. 그리고 이러한 되새김을 끊임없이 이어 나가기를 바란다. 그래야만 다른 사람들에게도 진정한 대답을 줄 수 있다.

현명한
태도

●

오랜 기간 주총리직을 역임했던 독일 바덴 뷔르템베르크 주의 로타르 슈페트에 대해 주변 사람들은 그가 현명하고 누구에게도 속지 않는 사람이며 그래서 '똑똑이'라고 불렸다고 설명한다. 현명하다고 알려졌던 슈페트는 바덴 뷔르템베르크 주를 크게 발전시켰다. 그는 독일 통일 이후에는 튀링겐 주의 예나로 이사하여 큰 기업을 운영하면서 기업가로서도 큰 성공을 거두었다. 오늘날 우리는 현명하다고 이야기할 때면 영리함을 떠올린다. 그러나 현명한 것과 영리한 것은 분명 차이가 있다. 영리한 사람은 유연하고 실리적인 사람이다. 현명한 사람은 적어도 성경에서 그리고 전통 철학에서는 다르게 정의된다.

현명하다는 것은 지금 나에게 그리고 다른 이들에게 무엇이 적당하고 유익한지를 판단할 수 있는 능력을 가졌다는 의미를 지닌다. 토마스 아퀴나스는 현명한 사람은 옳은 것을 분별할 수 있는 사람이라고 설명하였다. 현명함은 옳은 것을 현실화시킬 수 있는 방법을 찾아내는 능력인 것이다. 따라서 단순히 지식에 머무르지 않고 행동으로 이행된다. 그러나 행동은 효과가 있고 의미 있는 결과를 낳기 위해서는 정확한 판단과 숙고를 전제로 한다. 어떤 행동을 함에 있어 좋은 의도가 있었던 것만으로는 부족하다는 말이다. 구체적인 상황과 현실을 정확하게 파악하고 무엇이 적절한지를 알아야 한다는 말이다. 현명함은 이처럼 현실을 직시하고 파악할 뿐 아니라, 어떻게 해야 할지를 알고 명령을 내린다. 현명함은 현명함을 소유한 사람을 조종하고 이끈다. 현실에 대한 인지와 파악은 '현명한 결정'으로 귀결되어야 한다. 피퍼, 『4추덕-지혜, 정의, 용기, 절제의 네 가지 기본 덕목』 26쪽 인지하고 파악한 것을 행동으로 옮기는 과정은 숙고, 판단 그리고 결단이 필요하다. 이때 숙고는 행동과 전혀 다른 차원의 단계다. 토마스 아퀴나스는 "숙고(생각)할 때에는 망설일 수 있지만, 결단한 것을 행동으로 옮길 때에는 신속하게 행동해야 한다."고 말했다. 『4추덕』 27쪽

아리스토텔레스는 현명함을 모든 덕목의 전제 조건으로 보

았다. 현실을 제대로 파악할 수 있어야만 적절한 행동을 취할 수 있기 때문이다. 아리스토텔레스는 현명함이 이성과 의지의 접점에 위치한다고도 보았다. 현명함은 인지하고 파악한 모든 것을 종합하며 동시에 행동을 지시한다. 쉽게 말해 현명함은 덕목이라는 마차를 운전하는 사람(덕의 마부, auriga virtutum)인 셈이다. 현명함은 인생을 성공시키기 위해, 인간의 행복을 달성하기 위해 어떠한 도구들이 반드시 필요한지를 찾아낸다. 자신의 인생 목표를 발견하고 동시에 이 목표 달성을 위해 전제되는 삶의 태도와 방식을 실천하는 능력이 바로 현명함이라 할 수 있다.

임마누엘 칸트는 현명함이 지금 이곳에서 나에게 어떠한 것이 적절하고 옳은지를 판단하는 판단력이라고 보았다. 현명함은 현실을 파악할 뿐 아니라 자문하고 판단하고 명령을 내린다는 것이다. 현명함은 창의적이며 내적으로 그리고 외적으로 더 발전하기 위해 또는 목표를 달성하기 위해 지금 당장 무엇이 필요한지를 알아차리는 것이다.

예술계에서는 현명함이 항상 여성으로 의인화되었다. 현명함은 무엇보다도 영혼의 능력이다. 현명함을 상징하는 여성은 종종 책이나 뱀을 가지고 있다. 뱀은 예수님의 말씀으로부터 유래한다. “나는 이제 양들을 이리 떼 가운데로 보내는 것처럼 너희를 보낸다. 그러므로 뱀처럼 슬기롭고 비둘기처럼 순박하게 되어라.”마태오복음 10장 16절 뱀은 장애물을 피해 가는 방법을 알고 상황 파악과 반응이 빠른 동물이다. 이탈리아 화가 지오토는 현명함을 노파의 얼굴과 소녀의 모습을 동시에 지닌 한 여인에 비유한 적이 있다. 그에 따르면 현명함은 과거의 지식과 미래에 대한 감각을 연결시켜 주는 연결 고리다. 지오토는 현명함을 상징하는 여인의 손에 거울을 들려 주었는데, 이 거울은 자기 인식을 상징한다. 현명한 사람은 스스로를 제대로 인식하는 사람이라는 뜻이다. 그는 미래만 내다볼 뿐 아니라 자기 자신을 돌아보는 사람이다.

예수님은 현명한 사람을 높이 평가하셨다. 그는 현명한 사람은 모래 위가 아닌 반석 위에 집을 짓는 사람과 같다고 했다.마태오복음 7장 24-27절 예수님은 슬기로운 사람 즉, 현명한 사람은 사려가 깊다고 여기셨다. 그런 사람은 성급히 행하지 않고 매사에 신중한 사람이다. 그런 사람은 모래로 비유된 자신의 환상, 착각, 감정적인 결정 위에 집을 짓지 않고, 반석에 비유되는 신중하게 고려하고 잘 계산된 계획 위에 집을 짓는 사람이다. 이것이 예수님이 산상수훈에서 말씀하셨던 내용이다. 현명한 사람은 모든 가능성을 따져 보는 사람이다. 자신에게 어떠한 일이 닥칠지 충분히 예상할 수 있는 사람이다. 자신의 미래를 계산할 줄 아는 사람이다. 그는 닥쳐올 폭풍과 홍수를 예상하는 사람이다. 그래서 튼튼한 기초 위에 집을 짓는 사람이다.

예수님은 어려운 상황으로부터 탈출구를 찾아낸 불의한 집사의 영리함도 칭찬하셨다.루카복음 16장 1-8절 예수님의 비유에 등장하는 집사는 주인의 재산을 낭비하여 주인에게 쫓겨나게 되었다. 그는 막다른 골목에 내몰린 상태였다. 그런 상황 속에서 그는 창의적인 대안을 생각해냈다. 그는 주인에게 빚진 사람들을 불러 그들에게 새로운 빚 문서를 작성하게 하고, 빚의 일부를 임의대로 탕감해주면서 집사 자리에서 쫓겨나는 날에 그들의 집으로 맞아들일 수밖에 없도록 하였다. 그는 잘못을 했지만, 그 잘못마저 창의적으로 활용해 자신에게 유리한 상황을 만들어 냈다. 예수님은 제자들에게 불의한 집사처럼 영리해야 한다고 말씀하셨다. 다시 말해 각자의 상황을 정확하게 파악하고 창의적으로 해결책을 간구하라는 것이었다.

예수님은 슬기로운 다섯 처녀와 어리석은 다섯 처녀의 비유도 마찬가지 맥락에서 말씀하셨다. 어리석은 처녀들은 그저 되는대로 사는 사람들이라고 할 수 있다. 등을 들고 신랑을 맞이

하러 나갔지만, 정작 기름을 준비하지 않은 사람들이다. 신랑이 도착하는 시간이 늦어질 수도 있다는 사실을 전혀 예상하지 못했기 때문이다. 반면 슬기로운 다섯 처녀는 그 순간의 상황뿐 아니라 미래의 가능한 모든 상황을 고려하는 사람들이다. 그들은 일어날 수도 있는 일들을 대비한다. 그렇기 때문에 목표를 달성하기 위해 자기 자신을 관리하고 준비한다.

토마스 아퀴나스는 현명함이나 영리함(prudentia)을 선견지명(providentia)과 관련된 단어로 이해하였다. 그는 현명한 사람은 주어진 상황뿐 아니라 '어떤 행동이 내가 달성하고자 하는 목표를 실현시켜 주는 진정한 길이 되는지'『4추덕』 33쪽를 계산을 한다고 보았다. 물론 그 과정에 불안정과 모험이 수반되기도 한다. 현명한 사람은 모든 것에 백 퍼센트 확신을 가질 수 있는 순간까지 기다릴 수만은 없기 때문이다. 그래서 현명함은 항상 불안한 결과에 대한 걱정도 뒤따른다. 현명한 사람은 신속하게 결정하고 선택해야 하는 상황에 놓이곤 한다. 토마스 아퀴나스는 바로 이러한 이유 때문에 현명함이 'solertia' 즉, '완전한 솜씨'라는 뜻을 내포한다고 정의하였다. 다시 말해 예측하지 못한 상황에 재빠르게 대응하며 결정할 수 있는 능력 역시 현명한 사람의 속성이라는 것이다. 그는 현명함을 배우고 익힐 수 있다고 보았다. 현명함은 우수한 기억력을 전제로 하며 많은 경험을 통해 생길 수 있다는 것이다. 사람은 기억력과 경험을 토대로 특정 사건과 상황을 정확하게 파악하고 올바르게 대응할 수 있는 감각을 터득하게 된다. 토마스 아퀴나스는 기억력은 인간이 사건을 있는 그대로 기억하는 능력이라고 하였다. 기억력이 좋은 사람이란 객관적인 사실이 아니라, 기억하는 대상의 실제 그리고 그 이면의 다양한 연관 관계를 기억하는 사람인 것이다.

토마스 아퀴나스는 현명함은 결정을 내릴 수 있도록 돕는 덕목이라고 하였다. 오늘날 많은 사람들은 결정을 내리는 데 어려움을 느낀다. 후회 없는 선택이나 결정을 내리고 싶어하기 때문이다. 그러나 절대적으로 옳은 선택이란 있을 수 없다. 오직 현명한 선택만 존재할 뿐이다. 현명한 선택은 선택의 순간 미래의 가능성에 대한 길을 보여 주며 새로운 지평을 열어 주는 행위다. 우리는 끊임없이 선택을 해야만 한다. 이는 많은 사람들에게 부담을 준다. 잘못된 결정을 내리는 것은 아닐까 하는 두려움 때문이다. 그렇다고 해서 결정을 포기하거나 미루는 것은 자기 자신과 자신의 주변 환경을 무기력하고 무능하게 만들 뿐이다. 오늘날 우리는 수많은 가능성 속에서 미래로 향하는 올바른 길을 열어 줄 선택을 내릴 수 있게 해주는 현명함을 그 어느 때보다도 절실히 필요로 한다.

창의적인 태도

요즘 대학의 교수들은 창의적이어야 한다는 부담을 많이 받는다고 한 경영대학 교수가 말해 주었다. 하지만 창의성에 대한 강요는 창의성을 오히려 저해한다. 창의성은 강압적으로 길러지지 않는다. 창의적이기 위해서는 내적인 자유, 자유로운 생각, 창조에 대한 기쁨이 있어야 한다. 소위 창의적이라고 불리는 아이디어 중에는 억지스러운 아이디어들도 있다. 무조건 기존의 틀을 벗어나야 창의적이라고 생각하기 때문이다. 하지만 틀을 벗어난 모든 것이 창의적인 것은 아니다. 단지 기존의 것과 다르기만 할 수도 있다. 다르기 때문에 눈에 띌 뿐 사람들의 진정한 시선과 마음을 사로잡을 만한 특별한 점이 없을 수도 있다.

어린아이들이 작은 물건들을 가지고 재미있는 놀이를 생각해내며 노는 모습은 참 예쁘다. 아이들은 놀이터에서 모래로 성을 쌓거나 케이크를 만들기도 한다. 아이들은 상상력을 발휘하여 주어진 물건이나 재료를 가지고 새로운 것들을 만들어 낸다. 사물에 생명력을 불어넣는다. 창의적인 아이들은 어른이 되어서도 삶에서 창의성을 발휘할 것이다. 하지만 오늘날 우리는 아이들에게 창의성을 발휘할 수 있는 기회를 별로 주지 않고 아이들을 텔레비전 앞에 앉혀 놓는다. 아이들은 텔레비전에 집중한다. 하지만 텔레비전은 아이들의 창의성을 자극하지 못한다.

빅토르 프랑클은 '삶의 의미가 무엇인가?', '어떻게 하면 사람이 삶의 의미를 찾을 수 있는가?'의 질문과 평생 씨름했다. 그 결과 그가 알아낸 사실은 사람이 삶의 의미를 찾게 되는 중요한 장소의 이름이 '창의성'이라는 것이다. 목수는 창의적으로 상을 만들어 낼 때, 화가는 창의적으로 그림을 그릴 때 삶의 의미를 찾는다. 사람은 창의적인 활동을 할 때 삶의 기쁨을 느낀다. 사람은 자기 삶에서 창의적인 요소를 느끼는 것을 즐거워한다. 신과 같이 무엇인가를 창조해내는 것이 영광스럽게 느껴지기 때문이다. 사람은 새로운 아이디어를 생각해내기도 하고 새로운 기술을 개발하기도 한다. 건축가는 새로운 건물을 짓고, 예술가는 머릿속으로 새로운 작품을 만들고 그것을 그림이나 플라스틱으로 표현한다. 음악가는 사람들의 마음을 기쁘게 하는 새로운 음악을 만들어 낸다. 창의성은 사람에게 기쁨과 생명력을 준다. 창의성은 직장 생활에서도 꼭 필요하다. 회사는 현재의 상황과 기존의 방식에 안주해서는 안 된다. 더 나은 상품으로 사람들의 마음을 얻기 위해 끊임없이 새로운 아이디어를 만들어 내야 한다. 패션업계는 매년 봄과 가을에 새로운 유행을 창조해내야 한다.

창의성은 실존적인 측면에서도 중요하다. 나는 결혼을 하지 않은 사람으로서 미혼인 사람의 행복한 삶을 위해 창의성이 얼마나 중요한지 잘 안다. 사람의 성적 측면 역시 아이가 생기는 창조적인 부분과 연결된다. 사람의 성적 측면은 창의성으로 승화될 수 있다. 창의적인 삶을 사는 사람은 육체적인 만족에 매이지 않고 진정한 내면의 만족을 느낄 수 있다. 물론 창의성은 결혼한 사람에게도 중요하다. 한 기혼 남자가 자신의 경험을 이야기해 준 적이 있다. 결혼 생활의 어려움을 겪고 있던 남자에게 심리치료사가 조언했다. “남자로서 당신의 존재감을 아내와의 잠자리를 통해서만 느낀다면 당신은 건강하지 못한 겁니다.” 아내와의 육체적인 관계에 대한 집착으로 결혼 생활의 어려움을 겪고 있던 그는 그림을 그리는 취미 생활을 시작하면서 아내와의 관계를 회복할 수 있었다. 창의적인 활동을 하면서 건강한 삶을 회복할 수 있었던 것이다.

창의성은 우리의 삶에 생기를 불어넣는다. 또한 일상생활에서 일어나는 상황들에 대처하는 힘을 준다. 어느 날 갑작스럽게 찾아온 손님에게도 창의적으로 요리를 해서 근사한 식사를 대접하는 사람들이 있다. 많은 주부들은 점심에 먹고 남은 음식으로 창의성을 발휘하기도 한다. 휴가 때 비가 많이 와도 창의적인 사람은 즐거운 시간을 보낼 수 있다. 창의적인 사람은 날씨가 나쁘다고 불평하지 않고 휴가를 즐겁게 보낼 수 있는 창의적인 아이디어를 생각해낸다. 어떠한 상황에서든 좋은 것을 만들어 낸다. 지금 나에게 없는 것에 대하여 한탄하는 것이 아니라 있는 것을 가지고 즐거움을 만들어 낸다. 창의적인 태도의 사람은 나에게 주어진 것들을 창의적으로 대함으로써 즐겁고 생기 있는 삶을 산다. 이러한 사람은 주변 사람들에게도 좋은 영향을 끼친다.

느긋한 태도

속도, 스트레스, 효율성, 멀티태스킹. 이러한 단어들은 우리의 몸과 마음을 극도로 지치게 하는, 탈진증후의 원인이 되는 것들이다. '7/24'는 쳇바퀴 도는 듯한 현대인의 삶, 온라인 기술을 통해 하루 24시간 주 7일 소비와 노동이 가능해진 삶을 나타내는 숫자다. 서구 사회에서는 노동과 노동 효율성이 점점 더 중요해지고 있어 과거 로마인들이나 그리스인들이 높이 샀던 느긋함의 가치를 이해하기 어렵다. 분주함과 끝없는 가속화의 시대 속에서 느긋함 또는 여유는 사치처럼 느껴진다. 그러나 원래 느긋함은 고대 그리스나 로마에서 성공한 삶의 대표적인 특징으로 간주되었다. 느긋함은 실질적인 휴식과 자유로서 자유민이 누리는 권리였다. 당시 자유민은 노예와 달리 노동에 매여 있지 않고 세상의 진실을 탐구하는 데 시간을 쏟을 수 있는 사람들이었다. 내면에 느긋함과 여유가 충분히 갖추어져야 생산적인 노동이 가능하다는 것이 과거의 논리였다. 그리고 이러한 전제가 충족된 가운데 이루어지는 노동은 고단함이나 고생, 긴장과 피로와 직결되는 단어가 아니었다. 오늘날 우리가 생각하는 노동과는 정반대였다. 현대인들은 노동이라고 하면 땀 흘리고 애쓰는 행위를 떠올린다. 칸트는 '헤라클레스의 노동'이라는 표현을 사용하며 노동에 대한 현대인들의 이해에 큰 영향을 미쳤다. 그는 자신의 정신적 노동 역시 '헤라클레스의 노동'이라고 표현하였다. 힘에 부치고 온 힘을 다해야 하는 일이기 때문이다.

반면 고대 그리스와 로마 시대의 철학은 덕이란 좋은 것에 있지 힘든 것이 아니라고 보았다. 고대 철학을 자신의 기독교적인 철학 또는 자신의 신학에 접목시킨 토마스 아퀴나스는 심지어 덕이란 인간의 타고난 성향을 따르며 좋은 것이 힘들이지 않고 달성되는 것이라고 했다. 고대인들이 사용했던 느긋함이라는 개념은 오늘날과는 전혀 다른 세계관과 인간상을 전제로 한다. 노동과 성과에 의해 좌우되는 지금 이 시대를 살아가는 우리에게 느긋함과 여유의 비밀을 다시 한번 고찰해보는 것은 큰 의미가 있다. 로마인들은 노동은 '여유가 아닌 것' 즉,

'neg-otium'이라고 불렀다. 그렇다고 해서 로마인들이 일을 하지 않았던 것은 아니다. 오히려 그 반대다. 고대 로마인들이 이룩한 도시와 도로, 제도 등을 보면 그들의 위대한 업적을 확인할 수 있다. 로마인들은 여유가 전제되는 노동이야말로 열매를 맺고 긴장과 피로를 수반하지 않는 진정한 노동으로 여겼던 것뿐이다. 'Otium'은 일차적으로 공직 생활로부터의 자유를 의미한다. 교육 수준이 높았던 로마인들은 어떠한 아이디어를 정치적으로 구체화하는 일로부터 자유로워지면 인생의 중요한 문제들에 대해 깊이 생각할 여유가 생긴다고 했다. 다시 말해 느긋함은 내적 자유를 의미한다. 모든 것에 대해 항상 잘 알아야 한다는 부담감으로부터 자유로운 것이 바로 느긋한 태도다. 항상 연락이 가능하다 보니 우리는 커뮤니케이션의 테러에 종종 노출되어 있다. 그런 우리는 자신의 내면을 해방시켜 주고 모든 것을 다 알아야 한다는 압박감을 벗어던질 필요가 있다. 수백만 명이 살고 있는 홍콩에서 지하철을 타면 사람이 많아 움직이기도 힘든 상황 속에서도 대다수의 사람들이 휴대폰이나 아이패드를 들여다보느라 분주한 모습을 볼 수 있다. 모두가 휴대폰에 파묻혀 세계 곳곳에서 일어나는 일들에 대한 정보를 검색하거나 기계를 이용하여 사적인 대화를 나누느라 여념이 없다.

느긋한 삶의 태도는 정반대의 의미를 갖는다. 수많은 지식과 정보를 뒤로하고 근본적인 지식에 몰두하는 것을 말한다. 새로운 정보의 뒤를 쫓는 것이 아니라, 그 순간을 온전히 느끼면서 시간으로부터 자유로워지는 것을 말한다. 그래야만 보다 깊은 단계의 지식에 도달할 수 있다. '지식'이라는 단어는 'videre' 즉, '본다'는 말과 어원이 같다. 박학다식하고자 하는 욕구를 내려 놓고 조용히 나의 내면을 들여다봄으로써 나는 근원적인 지식을 발견하게 된다.

느긋함을 뜻하는 그리스어 단어는 '스콜레'다. 이 단어로부터 학교를 뜻하는 독일어 '슐레(Schule)'가 탄생하였다. 우리는 진정한 교육을 받기 위해 학교를 다닌다고 해석할 수 있다. 게다가 '잠시 중단하다'를 뜻하는 그리스어 단어 '에케인' 역시 같은 뿌리에서 탄생하였다. 단어의 어원을 따져 느긋함의 특징을 다시 정리하면 느긋함이란 잠시 모든 것을 중단하는 순간을 말한다. 잠시 모든 것을 멈추고 자신의 영혼을 들여다보며 내적 휴식을 취하는 것을 말한다. 내적 휴식은 평온함과 편안함 속에서 내게 주어진 일들을 처리할 수 있는 힘을 준다. 일의 양을 줄이는 것이 아니라, 보다 차분하게 그리고 효율적으로 일을 할 수 있게 되는 것이다. 똑같은 일이라도 피로감이 줄어든다. 모든 힘이 내면으로부터 나오기 때문이다. 매일같이 반복

되는 복잡한 삶 속에서도 내적 힘을 감지하고 활용하기 위해 끊임없이 나의 내면을 들여다보며 느긋함을 만끽할 수 있다. 그렇게 되면 내가 하는 일이 '헤라클레스의 노동'의 성격을 지니게 되는 것이다. 노동은 내면으로부터 나오게 되는 것. 노동을 통해 나는 살아 있음을 느낄 수 있게 되는 것이다. 그렇다고 해서 노동의 지배를 받는 게 아니다.

어떤 사람들은 느긋한 삶의 태도와 느긋한 사람의 일하는 방식이 일종의 유토피아 같은 것이라고 말하기도 한다. 정말 그럴까? 나를 예로 들어 보겠다. 내 삶을 자세히 살펴보면 나는 결코 일을 적게 하는 사람이 아니다. 어떤 사람들은 어떻게 그렇게 많은 글을 쓰면서 강연까지 하러 다니며, 벌써 36년 동안 수도원의 행정업무를 총괄했다는 사실에 놀란다. 나는 나의 임무를 피곤하고 힘든 것으로 생각하지 않는다. 나는 내 삶을 더욱 보람 있고 행복하게 만들어 주는 이 느긋한 삶의 태도를 감사하게 생각한다. 나는 매일 정기적으로 조용히 나의 내면을 들여다보며 내적 휴식을 취하곤 한다. 외부의 모든 행위를 잠시 중단함으로써 내적 평온함을 맛볼 수 있게 되는 것이다. 그리고 이러한 내적 평온함 덕분에 삶의 번잡함을 쉽게 견디고, 스스로를 다그치거나 분주함에 허덕이지 않으면서도 계

획한 모든 일정을 소화할 수 있는 것이다. 느긋한 태도로 내적 평온함을 찾는 사람은 중요한 것, 본질적인 것을 간직하고 기억할 수 있게 된다.

무언가를 간직하기 위해서는 다른 무언가를 거부하거나 포기해야 하기도 한다. 계속해서 제공되는 외부 정보로부터 일정한 거리를 두어야 한다. 그래야 이 세상의 분주함 속에서도 느긋하고 평온한 태도를 유지할 수 있다. 내적 평온함을 발견하면 다른 사람들과의 소통도 개선된다. 내적 평온함을 가진 사람과의 대화는 막 인터넷에서 검색한 수많은 정보들의 단순한 전달에 그치지 않기 때문이다. 그런 사람과의 대화는 우리에게 진정한 안정감을 준다.

'자연'스러운 태도

"자연으로 돌아가라." 프랑스의 철학자 장 자크 루소의 외침은 많은 사람들의 마음을 움직였다. 자연이 점점 파괴되고 있는 오늘날 이 외침의 소리는 높아지고 있다. 점점 더 많은 농부들이 친환경적인 경작을 추구하며, 음식 문화를 비롯한 사람들의 생활 방식은 점점 더 '자연'스럽게 변하고 있다.

플라톤은 "예술은 자연의 모방"이라고 했다. 그에 따르면 예술은 자연의 지혜를 표방하는 삶 자체를 의미한다. '자연'스럽게 산다는 것은 자연의 지혜를 배우는 것이다. 인생은 종종 계절에 비유된다. 젊은 시절은 봄과 같다. 꽃이 피어나고 새로운 것들이 자라나는 시기이다. 모든 성장을 마치고 어른이 되면 여름이 시작된다. 태양이 가장 높은 곳에 떠 있고 열매가 무르익는다. 우리의 능력이 정점에 다다르는 시기이다. 여름이 지나면 추수의 계절인 가을이 온다. 나이를 먹으면서 우리는 삶의 열매들을 추수한다. 수확한 열매는 다른 사람들과도 나눈다. 가을은 낙엽들이 아름다운 빛을 발하는 때이기도 하다. 우리의 가장 아름다운 모습이 발현되는 시기이다. 가을의 색은 아름다우면서 부드럽다. 우리는 자기 자신과 주변 사람들에 대하여 부드러워진다. 겨울은 휴식의 계절이다. 사람에게 있어서 휴식은 죽음만을 의미하는 것은 아니다. 누구나 인생에 있어서 휴식의 시간이 필요하다. 약초 뿌리는 겨울에 캐면 안 된다고 전문가들은 말한다. 겨울은 조용한 시간을 보내면서 우리 인생의 뿌리를 지키며 그 효능을 느끼는 시기이다.

'자연'스럽게 산다는 것은 일차적으로 자연의 리듬에 맞추어 사는 것을 의미한다. 자연의 리듬은 계절 단위뿐 아니라 하루 단위로도 나타난다. 많은 사람들이 밤과 낮이라는 자연의 리듬을 무시한 채 산다. 밤을 낮처럼 낮을 밤처럼 보내는 사람들이 많다. "규칙적으로 일하는 사람이 일을 능률적이고 지속적으로 할 수 있다."고 융은 말했다. 사람들마다 각자 내면의 리듬이 있다. 자신의 내면의 리듬을 발견하고 그에 맞추어 사는 것이 중요하다. 그래야 건강하고 평안한 삶을 살 수 있다.

'자연'스럽게 산다는 것은 또한 자연과 관계를 맺으며 사는 것을 의미한다. 오늘날의 많은 도시들은 자연과의 관계를 잃어 버렸다. 사람은 자연 속에 머무는 것이 좋다. 숲 속을 산책하고 잔디밭을 걷는 것이 좋다. 자연은 사람을 판단하지 않는다. 자연 속에 있으면 편안하다. 어머니의 품속에 있는 것처럼 편안하다. 자연 속을 거닐면서 자연의 생명력을 느낄 때 우리는 그 생명력이 우리에게도 전해짐을 느낄 수 있다. 자연과 함께할 때 우리는 내면의 힘을 회복하게 된다. 숲 속을 산책하면 기분이 상쾌해진다. 우리는 산책을 하며 우리의 삶을 온전히 느낄 수 있다. 그리고 우리의 모습과 닮은 나무들을 만날 수 있다. 땅에 뿌리를 내리고 살면서 하늘을 향하여 자라나는 나무들을 말이다. 바람 소리도 들을 수 있고, 다양한 나무와 식물들이 발하는 향기도 맡을 수 있다. 새벽에 맨발로 잔디밭을 걸을 때면 자연을 더 깊이 느낄 수 있다. 아침의 신선함을 느끼며, 풀들이 나를 어루만지는 것을 즐기며, 이슬이 햇살을 받아 진주로 변하는 기적을 경험할 수 있다. 자연을 만날 때 정확히 어떠한 점이 좋은지 구체적으로 설명하기 어려울 때도 많다. 자연 속에 있으면 그저 편안하고 상쾌하다. 포근한 느낌, 살아 있는 느낌, 사랑 받는 느낌이 그저 좋다.

나누는 태도

가정에 자녀가 여럿 있으면 자녀들은 자연스럽게 무엇이든 나누는 법을 배운다. 장난감도 나눠 써야 하고 엄마가 해준 간식도 나눠 먹어야 하기 때문이다. 그러나 오늘날 사람들은 정 반대의 태도를 어릴 적부터 몸에 익히며 자란다. 무엇이든 독차지하려는 습성이 있다. 나의 것을 지키려고 하지 누군가와 나누려 하지 않는다. 가지려고 할 뿐이다. 나누는 행위는 어쩌면 나에게 충분한 몫이 돌아오지 않을 수 있다는 불안감을 야기시킨다. 그래서 아이들은 공정하게 분배되지 않았다는 이유로 화를 내거나 싸우는 일이 많다.

나누기를 생각하면 케이크 한 조각을 나누어 먹는 장면이 떠오른다. 수도원 행정실에서는 직원 중에 생일을 맞는 사람이 있으면 그 사람이 케이크를 준비하는 전통이 있다. 생일을 맞는 사람은 케이크를 모두가 먹을 수 있게 잘라 나눠 준다. 케이크를 통째로 혼자 먹는 것은 의미가 없다. 나누어 먹을 때만이 소속감이나 공동체성을 느낄 수 있게 된다. 이것은 인생에서도 마찬가지다. 우리 모두는 창조물의 일부다. 따라서 우리의 삶을 나누고 창조물을 나눌 때만이 일종의 공동체성을 경험할 수 있게 된다.

작은 부분으로 나뉘어 흩어지지 않고 온전한 하나를 이루는 것이 인간의 원초적인 그리움 또는 욕구다. 고대 그리스인들은 원시 인간은 공 같은 모습을 한 온전한 하나의 존재였다고 믿었다. 그러나 제우스는 이런 인간들이 신들의 위협적인 존재가 될 수 있다는 생각을 갖기 시작했다. 그래서 온전한 존재였던 인간을 두 개의 부분인 남자와 여자로 나누어 놓았다. 그때부터 남자와 여자는 사랑이라는 감정을 통해 온전한 하나가 되고자 하는 욕구를 갖게 되었다. 우리는 온전하거나 완전한 존재는 아니지만, 완전함을 추구한다. 그러기 위해서는 무엇보다도 우리가 온전하지 않고 부분으로서 존재한다는 사실을 인정해야 한다. 그리고 우리는 모두 동등한 부분이라는 점도 인정해야 한다. 우리의 인생은 부분으로 존재하는 사람들이 온전한 하나를 이룰 때만이 성공할 수 있다.

오늘날 우리는 무엇을 나누거나 분배한다고 하면, 재산이나 돈을 나누는 것을 떠올린다. 가톨릭 사회 교리에서는 부와 재산에 반드시 책임이 따른다고 강조한다. 그리고 해방신학은 가진 것을 나누고, 부자가 부를 혼자 누리지 말고 가난한 사람들과 나누어야 한다고 말한다. 공유하는 만족이라는 표현이 있다. 이 표현은 가난한 사람들에게 부를 나누어 주는 것을 뜻하지 않고 물질이나 재화를 모두가 동등하게 공유하는 것을 뜻한다. 루카복음서를 기록한 루카는 여기에서 말하는 나누기 개념이 무엇보다도 기독교인의 기본적 삶의 태도라고 했다. 그는 초대교회를 모든 재화를 나누어 쓰는 공동체로 정의하였다. "땅이나 집을 소유한 사람은 그것을 팔아서 받은 돈을 사도들의 발 앞에 놓고, 저마다 필요한 만큼 나누어 받곤 하였다."사도행전 4장 34-35절 여기에 묘사된 교회의 모습은 초대교회의 가장 이상적인 모습이지만 현실적으로 오래가지는 못했다. 그래도 루카는 계속해서 재산을 소유한 사람의 사회적 책임을 강조했다.

공동체는 나눔을 통해서만 형성될 수 있다. 재산을 나누는 것도 포함된다. 많이 가진 자가 폭력적인 수단을 동원해 자신의 부를 지키려고 한다면, 남아프리카의 사례를 통해 우리가 보았듯이 부자들끼리 모여 살면서 자신들을 가난한 사람들로부터 철저하게 분리시키게 된다. 그들은 스스로를 사회로부터 소외시키는 것이다. 바로 이처럼 부는 사람들을 갈라놓기도 한다. 부를 나누는 순간부터 공동체가 형성되기 시작한다. 성 베네딕토 역시 이 사실을 인식하고 있었다. 그래서 수도사들에게 재산을 공유하는 공동체의 정신을 심어 주었다. 이때 목표로 한 것은 초대교회가 보여준 이상적 공동체였다. 수도원이라는 공동체 내에서도 공동체의 일원들이 개인 소유를 유지하고 사적으로 돈을 소유하려는 경향이 있다. 수도원 내에서도 돈을 공유하고 나눈다는 것은 쉽지 않은 일이다. 부부 사이에도 마찬가지다. 아무리 부부라도 돈 문제와 관련해서는 서로 일정한 거리를 두려는 경향이 있다. 그러니 세계를 하나의 공동체로 놓고 봤을 때 나눔을 실천하는 것은 당연히 어려운 일이다. 그러나 자원과 재화 등을 전 세계가 나누고 공유할 의지가 있을 때에만 세계 모든 사람이 평화 속에서 살 수 있다. 특히 세계화 시대가 도래한 이후 우리는 이 지구가 모두의 것이라는 사실을 인식하였다. 특정 사람이나 민족이 자연을 남용하면 그 영향은 전 세계적으로 확산된다. 신의 창조물은 세계 모든 사람이 함께 공유하는 대상이다. 그것이 우리 삶의 원천으로서 오래도록 보존되게 하려면 지구를 공유해야 한다.

나눔은 생각의 공유도 포함한다. 한 공동체 내에서는 생각을 공유하는 것 역시 중요한데, 자신의 생각을 언어로 표현해야 대화가 시작되고 공동체 내 상호 소통이 일어난다. 자신의 생각을 나누지 않는 사람은 스스로를 소외시키는 사람이며 자기 생각이라는 자산을 통해 공동체에 기여하지 못하는 사람이다. 공동체는 생각, 이상, 감정, 그리움의 공유를 통해 유지되고 발전한다.

나눔이 충분하게 이루어지지 않을 경우 공동체에 부정적인 영향을 미친다. 제대로 충분히 나누지 않으면 공동체의 구성원들이 차별을 느끼게 된다. 자기 자신의 이익만 좇고 자신의 특권을 다른 사람들과 나눌 의향이 없는 사람들이 종종 있다. 그들은 다른 사람들에게 피해를 줌으로써 이득을 취한다. 다른 사람들에게 희생을 강요한다. 오직 자신의 이해만 생각하기 때문이다. 그들은 다른 사람들의 운명이나 그들의 어려움에 동참할 마음이 없는 사람들이다. 그들은 생각을 나누는 것 역시 거부한다. 대화, 교류, 만남을 거부하는 것이다.

신은 빛과 어둠을 나누시면서 세상을 창조하셨다. 나누는 행위는 신이 행하시는 창조 활동의 핵심이다. 신은 나눔을 통해 무질서 속에서 질서를 만드셨다. 이것은 긍정적인 나누기의 대표적 예다. 우리도 하루 시간을 잘 나누어 쓰면 건강한 삶을 살 수 있다. 부정적인 나누기도 존재한다. 라틴어로 '분열시켜 지배하라!'는 말이 있다. 기업을 운영하는 사장으로서 종업원들을 분리시키고 나누고 서로를 소외시키도록 만들면 종업원들을 개별적으로 더 잘 부릴 수 있게 된다. 모두가 사장의 명령을 잘 따르기 때문이다. 하지만 이 경우에는 공동체가 형성되지 않는다. 종업원들은 자신의 업무에 대해 서로 나누지 않으며 대화를 하지 않고 오직 자신의 이득에만 집중하게 되기 때문이다. 그들은 사장에게만 집중하기 때문에 사장이 가장 유리한 위치에 놓이게 된다. 그러나 그 기업에는 동료 관계가 형성되지 못한다.

성경은 우리에게 주어진 것들을 다른 사람들과 나눌 것을 요구한다. 히브리인들에게 보낸 서간에는 다음과 같이 기록되어 있다. "선행과 나눔을 소홀히 하지 마십시오. 이러한 것들이 하느님 마음에 드는 제물입니다."13장 16절 그리고 티모테오에게 보낸 첫째 서간에서는 "좋은 일을 하고 선행으로 부유해지고, 아낌없이 베풀고 기꺼이 나누어 주는 사람이 되라고 하십시오. 그들은 이렇게 자기 미래를 위하여 훌륭한 기초가 되는 보물을 쌓아, 참생명을 차지하는 것입니다."6장 18-19절라고 쓰여 있다. 나눔은 참생명을 얻기 위한 조건이다. 생명은 함께 나눔으로써 얻게 되는 것이다. 한 전설에서 자신의 외투를 가난한 이들에게 나누어 주었다고 하는 성 마르틴은 나눔의 본을 보인 대표적인 성인이다. 오늘날에도 많은 사람들이 추운 겨울밤 외투를 벗어 추위에 떨고 있는 사람들에게 주었던 성 마르틴의 용기에 감동을 받는다. 그것은 아마도 그 이야기가 우리의 삶을 다른 이들과 나누고 그러한 나눔을 통해 내적 평화와 행복을 누리고자 하는 인간의 가장 깊은 곳에 자리잡은 동경을 자극하기 때문일 것이다. 프란치스코 교황은 우리의 삶을 가난한 사람들과 나누어야 한다고 계속해서 강조한다. 그는 우리의 물질뿐 아니라 생각 역시 나누어야 한다고 말한다. 나누는 것은 일방적인 행위가 아니라 상호작용을 일으키는 행위다. 나의 것을 다른 이들에게 나누어 주면, 나 역시 그것의 일부를 영위하게 된다. 이러한 원리에 의해 나눔을 통해 공동체가 형성된다. 모두가 자신이 가진 것을 나누어야 한다. 부자는 자신의 재산을 가난한 사람들과 나누고, 가난한 사람은 자신의 경험을 부자들과 나누는 것이다.

관대한 태도

관대함은 다양한 사고 방식이 공존하는 오늘날의 사회가 필요로 하는 덕목이다. 관대함은 사람의 존엄성을 지켜주는 덕목이다. 다원화된 사회에서 더불어 살아가기 위해서는 서로를 관대하게 대하는 태도가 필요하다. 하지만 현실에서는 관대함의 반대 모습을 자주 보게 된다. 사람들은 특정한 사람이나 사회 집단을 배척한다. 외국인이나 망명자 등 우리의 익숙함에서 벗어나는 모든 것들을 거부한다. 우리는 나와 다른 생각을 가진 이웃에 대하여 관대하지 못하다. 관대하지 못한 모습은 정치 분야에서도 자주 나타난다. 자신의 의견만을 고집하고 나와 다른 의견은 들으려고조차 하지 않는 사람들이 있다. 선입견에 사로잡혀 처음부터 마음의 문을 걸어 잠근 사람들이다.

'관대하다'를 뜻하는 독일어 단어 'tolerant'는 '짊어지다, 감내하다, 견디다'를 뜻하는 라틴어(tolerare)에서 유래했다. 성 베네딕토는 수도사들에게 "육체적 성품적 약함을 끝까지 인내로 감내해야 한다."베네딕토 규칙서 72장 5절고 조언했다. 사람들로 구성된 사회는 사람들이 서로를 관대하게 포용할 때만 유지될 수 있다. 관대하게 포용한다는 것은 소극적이거나 수동적인 개념이 아니다. '견디다'는 소극적인 측면이 클지도 모르겠다. 하지만 '짊어지다', '감내하다'는 어려움을 참고 견디어 이겨 낸다는 능동적인 의미를 갖는다. 관대함은 수용을 의미하기도 한다. 상대방을 있는 모습 그대로 받아들이는 것이 관대한 태도이다. 바오로는 그리스도인들에게 "서로 남의 짐을 져 주십시오. 그러면 그리스도의 율법을 완수하게 될 것입니다."갈라티아 신자들에게 보낸 서간 6장 2절라고 조언했다. 라틴어 성경은 이 구절에서 '관대하다'를 뜻하는 'tolerare'가 아닌 '나르다'를 뜻하는 'portare'라는 단어를 사용한다. '나르다'는 무엇인가를 짊어지고 다른 곳으로 옮기는 능동적인 행위이다. 관대하다는 것은 다른 사람의 짐을 함께 짊어지는 것이다. 그 사람이 감내하고 견딜 수 있도록 돕는 것이다. 혹은 그 사람을 짊어지는 것이다. 그 사람을 짊어지고 다른 곳으로 옮겨 줌으로써 그 사람이 더 이상 짐에 억눌려 있지 않고 자유롭게 나아갈 수 있도록 돕는 것이다.

관대한 태도를 무조건 수용하는 태도로 오해하는 사람들도 있다. 하지만 모든 것을 무조건 받아들이는 것은 관대한 태도가 아니다. 모든 것을 무조건 받아들이는 사람은 자신의 기반이 확고하지 않은 사람이다. 올바른 수용은 흔들리지 않는 확고한 기반이 있을 때에만 가능하다. 무조건 수용하는 사람은 상대방의 생각이 어떻든 상관하지 않는다. 상대방에 대한 나의 생각이 없기 때문이다. 무조건적인 수용의 태도는 결국 상대방에 대한 무관심하고 성의 없는 태도이다. 상대방이 나의 삶을 크게 침해하지만 않으면 그만이라고 생각하는 것이다. 이러한 태도는 관대함과 거리가 멀다. 관대함은 서로를 존중하며 더불어 살아가는 삶의 태도이다.

관대한 태도는 상대방의 양심을 전제로 한다. 관대함은 상대방이 자신의 양심에 따라 정한 결정과 삶의 방식을 존중하고 수용하는 것이다. 하지만 양심이 전제되지 않은 상대방의 결정을 수용하는 것은 관대한 것이 아니라 악에게 문을 열어 주는 것이다. 관대한 태도는 사람의 존엄성과도 관련이 있다. 자신의 존엄성을 지키며 상대방의 존엄성을 존중하는 것이 관대한 삶의 태도이다. 우리는 자신과 타인의 존엄성을 존중하지 않는 사람을 수용해서는 안 된다. 이러한 사람을 수용하는 것은 관대한 것이 아니라 문제를 회피하는 약한 태도이다. 내적인 강인함을 전제로 하는 수용만이 가치 있는 덕목으로서의 관대함이다.

관대하지 못한 태도는 두려움과 깊은 관련이 있다. 우리는 상대방의 다름으로 인하여 두려움을 느끼기 때문에 상대방을 수용하지 못한다. 나와 다른 상대방의 모습이 나를 불안하게 만드는 것이다. 관대한 태도는 자신을 잘 아는 사람만이 가질 수 있다. 자신을 잘 아는 사람은 다른 사람을 쉽게 판단하지 않기 때문이다. 우리가 믿음이 없는 사람들에 대하여 관대하지 못한 이유는 그들이 우리 스스로의 믿음 없는 모습을 떠올리게 하기 때문이다. 우리가 우리의 내면에 있는 믿음의 모습과 믿음 없는 모습을 스스로 받아들인다면 두려워하지 않고 관대해질 수 있다. 나의 내면에 있는 모습을 대변하는 그 사람을 받아들일 수 있다. 그러면서도 그 사람에 대한 관심을 잃지 않는다. 그 사람도 믿음을 갖게 되기를 희망하게 된다. 하지만 그렇다고 그 사람을 몰아붙이지는 않는다. 그 사람이 자신에게 좋은 길을 찾을 거라는 희망을 가지고 기다리게 된다.

심리학에서는 관대함을 '다른 사람이 가지고 있는 낯선 면을 받아들이는 것'이라고 정의한다. 다른 사람의 낯선 면을 받아들이기 위해서는 먼저 나의 낯선 면을 받아들여야 한다. 다른 사람이 가지고 있는 낯선 면은 결국 내 안에도 있기 때문이다. 따라서 관대한 태도는 자기 인식을 전제로 한다. 상대방은 내 안에 있는 낯선 면을 보게 하는 거울이다. 초기 수도사들도 이미 이렇게 말했다. "자기 인식은 타인을 판단하는 것을 막는다." 어느 날 젊은 수도사가 압바(영적인 아버지) 포에멘을 찾아와 물었다. "제가 왜 자꾸 다른 사람들을 판단하는지, 그리고 그 사람들 때문에 왜 자꾸 화가 나는지 모르겠습니다." 포에멘이 대답했다. "자네 자신을 모르기 때문에 그렇다네. 자신을 알게 되면 다른 사람을 판단하지 않게 될 걸세." 관대한 태도를 갖기 위해서는 자신을 먼저 알아야 한다. 관대한 태도의 또 다른 전제는 교육이다. 시야가 넓은 사람은 선입견이 적다. 사람에 대하여 더 많이 아는 사람은 다양한 사람들을 더 잘 받아들일 수 있다.

우리는 우리와 다른 집단을 배척하는 경우가 많다. 특히 축구 경기를 응원할 때 그렇다. 물론 내가 좋아하는 팀이 상대 팀을 이기기를 원하는 것은 자연스러운 일이다. 하지만 상대 팀을 욕하는 것은 관대한 태도가 아니다. 상대 팀이 더 좋은 실력으로 우리 팀을 이겼을 때는 결과를 받아들여야 한다. 그런데 안타깝게도 많은 축구팬들이 관대하지 못하고 상대 팀을 적대

시한다. 그 이유가 무엇일까? 누구나 성공적인 인생을 살기를 바란다. 내가 응원하는 축구팀이 승리를 거두면, 실패자가 아닌 승리자로 살고 싶은 나의 내면의 바람이 충족되는 듯한 느낌을 받는다. 하지만 항상 기억해야 할 사실은 성공뿐 아니라 실패도 우리 인생의 한 부분이라는 점이다. 항상 성공할 수는 없다. 우리는 실패도 경험하며 살아간다. 개인적인 삶에서뿐 아니라 축구 경기에서도 실패를 경험한다. 실패를 두려워하는 사람은 상대 팀을 욕한다. 상대 팀은 실패에 대한 나의 두려움을 일깨우는 존재이기 때문이다.

우리는 모두 선입견을 가지고 있다. 누군가를 만나면 우리는 상대방을 생각 속 여러 서랍들 중 하나에 집어넣는다. 선입견을 가지지 않기는 어렵다. 하지만 그럼에도 불구하고 우리는 상대방을 선입견 없이 바라보도록 의식적으로 노력해야 한다. 나는 상대방을 제대로 바라보고 있는가? 선입견을 버리는 노력을 할 때에만 상대방의 진짜 모습을 볼 수 있다. 선입견은 상대방에 대하여 미리 정해 놓은 나의 견해이다. 철학에서는 상대방에 대한 선입견 대신 '진정한 견해'를 가질 것을 권고한다. 선입견은 아무것도 모르는 상태에서 세워진 잘못된 견해이다. 우리는 선입견이 아닌 올바른 견해를 가져야 한다. 하지만 상대방을 나의 견해 속에 가두어서도 안 된다. 상대방을 선입견 없이 바라보고 나의 생각을 자유롭게 표현하되, 나의 생각의 틀 속에 상대방을 가두어서는 안 된다. 이것이 관대한 태도의 기본이다.

신의가 있는 태도

●

오늘날 사람들은 '신의'라는 개념을 어려워한다. 히틀러가 지배하던 독일의 제3제국(1934-1945) 시절에는 통치자가 백성의 신의를 남용하였다. 오늘날에는 부부마저 신의나 성실한 관계에 자신 없어 한다. 사람들은 사랑이라는 것이 계속해서 발전하고 변화하는 것이기 때문에 관계를 단정짓고 서로를 얽매여 놓는 것을 원치 않는다는 입장이다. 신의라는 개념은 정말로 과거의 유물에 불과하고 지금은 어울리지 않는 것일까? 아니면 불필요하므로 오히려 지양해야 하는 개념일까?

독일의 철학자 오토 프리드리히 볼노브는 신의가 인간의 본성 중 하나라고 하였다. 인간은 자기 자신에 대한 신의를 통해 스스로에게 '예'라고 할 수 있다. 그리고 다른 사람들에 대한 신의를 통해 진정한 자아를 찾게 된다. 신의는 자기 자신 안에 인생의 우연성과 자유분방함보다 더 강력한 무언가가 있다는 사실, 자기 자신과 다른 사람들이 믿고 기댈 수 있는 무언가가 있다는 사실을 인정하는 것으로부터 출발한다. 신의가 있는 삶의 태도는 견고함과 관련이 있다. 독일어에서 '신의가 있는'을 뜻하는 단어 'treu'는 나무처럼 견고하고 심지가 깊다는 의미다. 다시 말해 믿음을 준다는 뜻이다. 신의가 있는 사람은 견고하게 서 있는 사람이다. 다른 사람들이 기댈 수 있는 사람, 언제 어디를 가도 항상 그 자리에 있는 사람이다. 요동하지 않는 사람이다.

볼노브는 신의의 주체는 항상 사람이어야 한다고 말한다. 이 말은 신의를 약속할 때 신의가 있게 행동을 하겠다고 약속하는 게 아니라는 말이다. 왜냐하면 우리의 행동이 항상 신의 있다고 보장하기는 어렵기 때문이다. 그래서 내 자신이 신의가 있는 존재가 되겠다고 약속을 해야 한다는 것이다. 예컨대 결혼을 하는 남녀는 서로에 대한 신의를 약속하는데, 이는 서로에게 신의가 있는 사람이 되겠다고 약속하는 것이다. 어떤 사람들은 신의를 약속하는 것 자체가 불가능하다고 말한다. 그러나 볼노브가 제안하는 것처럼 신의 있는 행동이 아니라 신의가 있는 사람이 되겠다고 약속을 하는 방법이 있다. 신의를 약속하는 당사자들은 현재의 순간을 넘어 먼 미래를 바라보게 된다. 사람들은 모두 마음속에 한결같은 그 무엇을 가지고 있다. 환경이 수없이 변하더라도 변하지 않는 그 무엇, 나 자신 그리고 내 주변 사람들이 의심 없이 믿고 의지할 수 있는 그 무엇이 존재한다.

우리는 부부의 인연을 맺을 때뿐 아니라 친구 사이에서도 그리고 사회적 관계 속에서도 다른 사람에게 신의를 약속하며 산다. 빵집 주인이라면 다른 빵집에서 더 저렴하게 빵을 판다 해도 변함없이 빵을 사러 오는 고객에게 감사한 마음을 가질 것이다. 나를 잊지 않고 늘 편지로 안부를 묻는 친구가 있다면 한결같은 친구, 신의를 아는 친구라고 할 수 있을 것이다. 내가 답장을 하지 않더라도 답장을 강요하지도 않고 우리의 관계를 유지시키기 위해 또다시 편지를 할 친구다. 신의 또는 의리는 우정의 가장 대표적인 속성이다. 신의가 있는 친구는 항상 친구의 곁을 지켜주는 사람이다. 특히 어려울 때 그리고 마음이 힘들 때 말이다. 예수님의 집회서에는 우정에 대해 다음과 같이 기록되어 있다. "성실한 친구는 든든한 피난처로서 그를 얻으면 보물을 얻은 셈이다. 성실한 친구는 값으로 따질 수 없으니 어떤 저울로도 그의 가치를 달 수 없다." 집회서 6장 14-15절 신의가 있는 친구, 성실한 친구는 나를 감싸주는 커다란 가림막 같다. 이 가림막은 나의 집과 같은 곳이다. 이 가림막은 나에게 안정감을 주며 따가운 햇살과 차가운 달빛으로부터 나를 보호해준다. 신의가 있는 친구는 항상 믿을 수 있는 존재다. "그러나 어떤 동무는 먹을거리를 위하여 친구와 함께 고생하고 전쟁이 나면 그를 위해 무기를 든다." 집회서 37장 5절 누군가가 나의 진정한 친구인지는 내가 다른 사람들로부터 공격을 받고 다른 사람들에게 배척을 당했을 때 알 수 있다. 진정한 친구는 끝까지 나를 버리지 않는 사람이다. 진정한 친구는 사람들이 나에 대해 비방을 하더라도 나의 편이 되어 주는 사람이다. 그는 마치 큰 방패처럼 나를 보호해줄 것이다.

인간은 자기 자신에게도 신의가 있어야 한다. 어떤 원칙이나 규칙을 지킴으로써 신의를 실현할 수 있는 것은 아니다. 신의는 존재 자체의 속성이 되어야 하기 때문이다. 그리고 자기 자신에게도 스스로 신의 있는 존재가 되어야 한다. 자기 자신에 대한 신의가 있다는 것은 나의 확신과 신념을 한결같이 추구하는 것일 수 있다. 그러나 자기 자신에 대한 신의가 있다는 말은 무엇보다도 있는 그대로의 나를 믿는 것을 말한다. 오늘날 사람들은 다른 사람들의 기대를 충족하는 데에만 급급한 경우가 많다. 언론을 통해 끊임없이 새로운 인간상이 제시된다. 그리고 많은 사람들은 언론이 제시하는 모습을 따라 계속해서 새로운 목표를 수립한다. 그래도 결국에는 진정한 자기 자신을 발견해 내지 못한다. 자기 자신에 대한 신의가 있는 사람은 마음의 평화를 누릴 수 있다. 자기 자신에 대한 신의가 있는 사람은 자신이 촌스럽지 않은 사람이라는 걸, 지금 시대에 딱 맞는 사람이라는 걸 그리고 유행을 무리 없이 따라가고 있다는 걸 입증할 필요가 없기 때문이다. 자기 자신에 대한 신의가 있는 사람은 이 시대의 복잡함과 시끄러움 속에서도 안정감을 누릴 수 있다.

사람은 자기 자신이나 다른 사람에게뿐 아니라 신에게도 신의가 있어야 한다. 성경은 우리를 대하시는 신이 신의가 있으시고 우리에게 하신 모든 약속을 성실하게 수행하신다고 말한다. 티모테오에게 보낸 둘째 서간에는 우리가 그리스도의 성실 즉, 신의로 인하여 성실할 수 있다고 말한다. "우리는 성실하지 못해도 그분께서는 언제나 성실하시니 그러한 당신 자신을 부정하실 수 없기 때문입니다." 2장 13절 예수님은 성실 즉, 신의가 있는 종의 비유도 소개한다. "그러자 주님께서 이르셨다. '주인이 자기 집 종들을 맡겨 제때에 정해진 양식을 내주게 할 충실하고 슬기로운 집사는 어떻게 하는 사람이겠느냐? 행복하여라, 주인이 돌아와서 볼 때에 그렇게 일하고 있는 종!'" 루카복음 12장 42-43절 신이 내게 기대하시는 바를 성실하게 이루어 나가는 것이 중요하다. 물론 신에 대한 신의 역시 신의 존재에 대한 신의를 의미한다. 나는 지금 이 순간 신을 경험하지 못하더라도 그를 의지하고자 한다. 나는 그를 붙잡을 것이다. 신이 나를 떠난다 할지라도 나는 결코 신에 대한 신의를 포기할 수 없다.

과거의 철학자들과 신학자들이 그랬던 것처럼 우리도 신의를 추구해야 한다. 그리고 신의가 있는 삶의 태도는 우리에게 과거와는 또 다른 의미에서 유익을 줄 것이다. 왜냐하면 현대인들은 구속되는 것, 정착하는 것을 어려워하기 때문이다. 현대인들은 모든 가능성을 열어 두려고 한다. 그러나 인생은 결정을 내리고 방향을 정할 때에 성공할 가능성이 더 높다. 따라서 신의는 삶에 대한 결정 즉, 인간의 자유와도 깊은 관련이 있다. 사람은 누구나 자유롭게 자신의 인생에 대한 결정들을 내린다. 특정한 삶의 방식에 대한 결정을 내림에 있어 우리는 신의가 있는 삶의 태도를 통해 풍성함을 누리게 될 것이다.

연대하는 태도

●

오늘날 우리는 개인주의적인 성향이 강하다. 모두 자신의 자유를 최대한 누리고 싶어한다. 누군가에게 구속되지 않고, 누군가를 배려하지 않으며 자유롭게 자신의 삶을 영위하고자 한다. 각자 자신의 인생을 사는 세상이다. 그러면서도 우리는 페이스북이나 트위터 등을 통해서 끊임없이 누군가와 연결되고 싶어한다. 온라인상에서 전 세계에 흩어져 사는 수많은 사람들과 자신의 삶을 공유하려 한다. 많은 사람들과 연결되어 있는 상태를 계속해서 유지하고자 하는 우리의 욕구는 아마도 과도한 개인주의에 대한 우리 영혼의 반작용으로 해석될 수 있겠다. 그러나 가상현실 속 인맥은 진정한 관계, 인간적이고 감정적인 관계로 이어지지 않은 경우가 많다. 여기에서 나는 인터넷을 통한 인간관계에 대한 평가를 내리려는 것은 아니다. 많은 젊은이들이 온라인상의 인간관계를 통해 소속감을 느끼거나 유대감을 느낀다고 말하기도 한다. 2014년 홍콩 시위 당시, 홍콩을 방문해 시위에 참가한 대학생들과 대화를 나눌 기회가 있었다. 그들은 내가 하는 말을 모조리 휴대폰으로 녹음하고 내 사진을 찍어 페이스북에 올려 전 세계로 퍼뜨렸다. 그때 나는 SNS를 통한 세계 각국 대학생들의 연대를 체험할 수 있었다. 연대의 주인공으로서 그들이 사용한 매체는, 내게는 매우 낯설었지만 존중할 수밖에 없는 새로운 방식으로 지지자들과 평화롭게 상황을 공유하였다.

이처럼 온라인상에서 수많은 사람과 교류하는 방식도 있겠지만, 내가 여기에서 말하고자 하는 연대하는 태도는 조금 다르다. 연대하는 태도란 이 세상을 고립되지 않은 채 살아가는 삶의 태도를 말한다. 연대하는 삶은 우선 자연과의 상호작용 속 삶이다. 인간의 육체는 자연의 일부이기 때문이다. 인간은 자연으로부터 삶의 활력을 얻는다. 공기를 들이마심으로써 숨을 쉰다. 자연이 제공하는 각종 음식물을 섭취하며 산다. 그리고 인간 속에 존재하는 생명을 자연 속에서 재발견하게 된다. 자연 속을 거닐다 보면 내가 자연과 연결되어 있음을 느끼게 된다. 긴밀하게 연계되어 있다는 느낌으로 인해 자연을 소중하게 다루게 된다.

연대하는 삶이란 주변 사람들과의 관계 속 삶을 의미하기도 한다. 요즘 젊은이들에게 중요하기도 하고, 다양한 기술적인 가능성을 통해 너무나 당연한 현상이 된 가상현실 속의 인간관계뿐 아니라 사람과 사람 사이의 내적인 관계를 말한다. 나는 교회에서 신자들과 함께 시편을 묵상할 때면 함께 묵상하는 모든 사람들과 깊은 연대를 느낀다. 또한 마음이 닫힌 사람들, 아직 신과 교감하지 못하는 사람들, 신을 찾을 수 없다고 하는 사람들을 위해 기도하면서 그들을 대신해 그들의 좌절과 필요를 신께 아뢸 수 있게 된다. 그렇게 기도를 하는 중에 나는 지구상의 모든 사람들과의 연대를 느끼게 된다. 물론 이 연대는 신과의 연대를 전제로 한다. 신 안에서 나는 세상 모든 사람과 하나가 될 수 있다. 4세기 유명한 수도사이자 저술가였던 에바그리우스 폰티쿠스는 이렇게 묘사한다. "수도사는 모든 것을 끊어버렸지만, 결국에는 모든 것과 연결되어 있다고 느끼는 사람이다. 수도사는 모든 사람 속에서 자기 자신을 발견하기 때문에 모든 사람과 하나인 사람이다."『기도에 관하여』 124-125쪽 수도사는 기도를 통해 모든 창조물과 하나가 되고 모든 사람과 하나가 될 수 있는 사람이다. 스스로를 돌아보고 모든 사람들 속에서 자기 자신을 발견하는 사람이다. 자기 속에서 발견하는 모든 것들이 다른 사람들 속에도 있다는 말이다. 그리고 수도사는 모든 사람 속을 들여다보면서 자신의 모습을 보다 정확하게 바라보고 자기 영혼의 더 깊은 곳을 들여다볼 수 있게 된다.

모든 사람과의 내적 연대는 우리 삶을 풍성하게 해준다. 더 나아가 특히 혼자 사는 사람들에게 안정감을 준다. 오늘날 많은 사람들이 외로움에 몸부림친다. 고립되고 버려졌다는 느낌을 받으며 괴로워한다. 그러나 외로움과 슬픔이라는 감정을 넘어 영혼의 가장 깊은 곳까지 파고들면 어느 순간 모든 것, 신의 모든 창조물, 특히 모든 사람과 하나가 되고 결국에는 자기 자신 그리고 신과 하나가 될 수 있다. 모든 것과 연결되어 있다는 느낌, 혼자 동떨어져 있는 것이 아니라는 느낌은 사람을 행복하게 만들어 준다. 외로움이 변하여 연대감이 된다. 외로웠던 사람은 세상 모든 사람과 연대하는 사람이 되는 것이다. 외로움과 고요함 속에서의 연대다. 페이스북을 이용해 다른 사람과 소통하고 연결되는 것이 아니라, 영혼의 깊은 곳에서 다른 사람과 연대하는 것이다. 이 내적 연대의 경험은 인간으로서 나의 본질을 깨닫게 해준다. 인간은 사회적 동물이다. 따라서 공동체 속에서 다른 사람들과의 관계를 통해 진정한 인간으로서 존재할 수 있다. 물론 인간은 각자 자신만의 길을 찾는다. 그러나 주변 사람들과 신과 연대할 때에만 자신만의 길을 걷는 것이 의미가 있다. 주변 사람들이나 신과의 연대가 없다면 자신만의 길도 쉽게 흐지부지하게 된다. 인간의 삶은 사람들과의 관계를 통해 더욱 풍성해진다. 인간은 깊은 연대를 통해 행복과 기쁨을 누리게 된다.

용서하는
태도

●

많은 사람들이 '용서'라는 단어에 대해 거부감을 느낀다. '내가 받은 상처가 얼마나 큰데, 어떻게 용서를 해!' 이러한 생각 때문에 용서를 쉽게 하지 못하는 사람들이 있다. 또, 착한 사람들이 늘 양보를 하면서 다른 사람들의 실수나 잘못을 용서해주어야 한다고 불평을 하는 사람들도 있다. 사람들은 용서를 수동적인 행동이라고 인식하기 때문에 용서에 대해 거부감을 갖는 것이다. 용서를 수동적인 행동이라고 생각한다면 거부감을 느끼는 것은 당연한 일이다. 그러나 진정한 용서는 그런 수동적인 행동이 아니다. 용서는 나에게 상처를 준 사람에 대한 종속적인 관계를 끊어버리는, 능동적으로 자기 자신을 해방시키는 행위다. 내가 용서하지 못하면, 나는 나에게 상처를 준 사람에게 지속적으로 지배당하며 그의 통제를 받게 된다.

심리학에서는 용서를 효과가 큰 치료 방법으로 새롭게 발견하고 활용하고 있다. 물론 치유 효과를 내기 위해서는 용서를 제대로 이해하고 적용할 수 있어야 한다. 나는 용서를 다음의 다섯 단계로 실천할 수 있다고 생각한다.

첫 번째 단계: 먼저 나의 상처를 인정해야 한다. '상대방도 어쩔 수 없었을 거야.'라고 위안을 삼거나 상대방을 용서함으로써 나의 상처를 모른 척하지 않는다는 말이다. 내가 상처를 의식하든 그렇지 않든 나는 그 상처로 인해 고통을 받았다. 그리고 그 상처는 여전히 나를 아프게 하고 있다는 사실을 인정하는 것이다.

두 번째 단계: 분노를 그대로 분출시켜야 한다. 분노는 나에게 상처를 준 사람으로부터 벗어나게 해주는 원동력이 되기 때문이다. 상처를 준 사람과 거리를 두는 것이 중요하다. 그래야만 자유로움 속에서 용서를 할 수 있다. 나에게 상처를 준 사람의 말이나 행동이 내 마음속에 남아 있는 한 그를 용서하는 것은 어렵다. 분노를 일종의 자존심으로 바꾸면 더 좋다. '상처를 준 사람 없이도 나는 잘 살 수 있다. 그가 나를 친절하게 대했든 그렇지 않았든 나는 상관없다. 어차피 나는 그 사람과 관계없이 잘 살 수 있다.'

세 번째 단계: 무슨 일이 일어났는지 객관적으로 조사해야

한다. 그 결과 상처가 생기게 된 이유를 올바로 인식하고 이해할 수 있는 여지가 생기게 된다. 그리고 다음의 질문들을 던져본다. "혹시 상대방이 자신이 안고 있는 상처를 나에게 전달한 것뿐인가? 혹시 다른 사람에게 주려던 상처를 내가 받은 것인가? 그가 나의 민감한 부분을 건드린 것인가? 상대방이 나의 오래된 상처를 건드려 내 속에 웅크리고 있던 상처 받은 아이가 깨어나 소리를 지르고 있는 것인가?" 이러한 질문들에 대한 대답을 찾는 과정은 나 자신과 상대방을 이해하는 데 중요한 과정이다. 문제점을 객관적으로 진단해보는 이 단계를 거치지 않으면, 내가 지나치게 예민하게 반응한 것일 수 있다는 자책에 빠질 위험이 있다.

네 번째 단계: 본격적인 용서의 단계다. 이 단계는 나에게 상처를 준 사람으로부터 완전하게 내 자신을 해방시켜 주는 단계이기도 하다. 즉, 내가 받은 상처를 나에게 상처를 준 그 사람에게 돌려주는 것이다. 나는 다시 나의 자리로 돌아오며 상대방은 그가 서 있는 곳에 그대로 두는 것이다. 용서한다는 것은 '버린다', '상처를 준 사람에게 돌려준다'는 의미를 지닌다. 복수를 한다는 뜻은 아니다. 나에게 상처가 된 그 사건을 통째로 그냥 그에게 준다는 의미다. 그 모든 사건은 이제 나와는 상관없는 일, 오직 그와 관련이 있는 일이 되는 것이다. 나는 자유

로워지는 것이다. 용서한다는 것은 상처로 인해 내 속에 형성된 부정적인 에너지로부터 자유로워진다는 말이기도 하다. 다시 말해 용서는 일종의 자가치유라고 할 수 있다. 용서는 갑자기 상대방을 무조건적으로 포용하는 것을 말하지 않는다. 용서는 나 자신에게 집중하는 행위다. 상처를 준 사람과의 관계를 어떻게 할 것인가? 앞으로도 아무 일 없었다는 듯 지낼 수 있을까? 화해를 기념하는 파티라도 열어야 하는 것일까? 아니면 아직은 어느 정도 거리를 두는 것이 마음 편할까?

다섯 번째 단계: 상처를 새로운 가능성을 꽃피울 수 있는 계기나 기회라 인식함으로써 상처로 인하여 손해를 보았다는 생각으로부터 벗어나야 한다. 상처를 내 삶의 한 부분으로 수용하는 것이다. 상처가 나를 도전하게 만들고 성장하게 만들며, 나의 새로운 능력을 발견해 발전시킬 수 있는 계기로 작용하게 되는 것이다.

진정한 용서는 단지 나에게 상처를 준 사람들을 용서하는 것으로 국한되지 않는다. 기독교에서는 신의 용서를 통해 인간은 생명을 얻게 된다. 인간은 자기 자신의 실수를 용서하는 것조차도 어려워하곤 한다. 신께서 우리를 용서해주시고 또 용서해주신다는 그 사실을 믿지 않는다면 스스로를 용서하는 것조차 어려울 것이다. 예수님은 잃어버린 아들의 비유를 통해서 용서가 무엇인지 설명해주셨다. 그 비유를 통해 우리는 자비로우신 아버지께서 우리도 용서해주실 거라는 확신을 가질 수 있다. 루카복음서를 쓴 루카가 묘사한 십자가에 달린 예수님의 모습은 용서에 대해 우리가 가졌던 모든 거부감을 완전히 녹아 내리게 해준다. 예수님은 십자가에 달린 채 자기를 죽게 한 살인자들을 용서하셨다. “아버지, 저들을 용서해주십시오. 저들은 자기들이 무슨 일을 하는지 모릅니다.”루카복음 23장 34절 예수님이 자기를 죽인 자들도 용서하셨다면 신께서 우리 역시 용서해주실 것이라 확신할 수 있게 된다. 신의 용서는 우리가 우리 스스로를 수용하고 용서할 수 있게 해준다. 신학자 파울 틸리히는 용서가 수용할 수 없는 것을 수용하는 것이라고 정의한 바 있다. 수많은 사람들이 스스로를 수용하는 것에 어려움을 느낀다. 특히 죄책감이 드는 순간 스스로를 수용하기 더 어려워한다. 신의 용서는 믿으면서도 자신의 실수나 잘못을 용서하지 못하는 사람들이 많다. 만약 공개적으로 잘못을 해서 다른 사람들로부터 지탄과 비난을 받은 경우라면 더더욱 스스로를 용서하지 못한다. 그럴 때마다 우리는 십자가에 달리신 예수님과 잃어버린 아들의 비유를 떠올리며 신의 용서를 마음속으로 묵상하면 된다.

포기할 줄 아는 태도

모든 것이 넘쳐나는 세상에서 살고 있는 우리는 포기가 무엇인지 잊어버리고 산다. 마트에 가면 가격까지 싼 좋은 물건들이 넘쳐나기 때문에 포기가 어렵다. 좋은 물건이라도 필요하지 않으면 포기하고 거절해야 만족스럽게 마트에서 나올 수 있다는 사실을 알면서도 말이다. 금식 기간이 철저하게 지켜지던 과거에는 심지어 상점에서 판매되던 상품까지도 금식 기간에는 제한되었다. 예로 금식 기간에는 초콜릿을 팔지 않았다. 이제 그런 시절은 기억도 잘 나지 않는다. 우리는 언제 어디에서나 원하는 것을 살 수 있는 세상에 산다. 이제는 내 의지와 상관없이 소비를 하는 지경에까지 이르렀다. 딱히 필요하지도 않고 사려고 했던 물건이 아닌데도, 눈에 띄면 그냥 물건을 구매한 경험은 누구나 있을 것이다.

‘포기하다’를 뜻하는 독일어 동사 ‘verzichten’은 원래 법정에서 사용하던 전문용어다. ‘권한을 포기한다’고 할 때 사용하던 동사다. 현재까지도 재판 과정과 판결에 중요한 동사로 등장하는 단어다. 어원을 살펴보면 ‘나무라다(zeihen)’ 및 ‘가리키다, 알리다, 제보하다(zeigen)’와 관련이 있는 동사이기도 하다. 독일에서는 누군가를 고발한다고 할 때 ‘anzeigen’이라는 동사를 사용한다. 고발한다는 것은 죄를 지은 사람을 제보한다는 뜻이다. 손가락으로 그 사람을 가리킨다(zeigen)는 뜻이다. ‘용서하다’를 뜻하는 독일어의 ‘verzeihen(ver+zeihen)’은 고발을 포기한다는 말이다. 누군가를 용서한다는 말은 그 사람(의 죄)에 대해 이야기하기를 포기한다는 뜻이다. 다시 말해 상대에 대해 말할 수 있지만 그렇게 하지 않는다는 뜻이다. 바로 이러한 뜻이 ‘포기하다’를 의미하는 동사에 숨어 있는 것이다. ‘내가 할 수 있는 것을 하지 않는다, 내 권리를 양보한다’는 뜻이다.

독일어에서 ‘포기’라는 말은 오늘날 주로 고기나 술을 ‘끊다’라고 말할 때 사용된다. 금식을 하는 사람은 음식을 포기해야 하며, 텔레비전 시청이나 유흥을 포기하기도 한다. 그래서 포기는 부정적인 느낌이 드는 단어이기도 하다. 내 삶을 더 즐겁고 편안하게 해주는 것들을 멀리한다는 의미가 있기 때문이다. 그러면서도 포기라는 말은 자신감이나 자존심을 드러내는 말이기도 하다. 다른 사람들은 원하는 것을, 나는 필요로 하지 않고 거부할 수 있다는 말이기도 하기 때문이다. 프로이트는 포기가 긍정적인 행위라고 말한다. 인간의 발달 과정에서 중요한 한 단계가 포기를 배우는 단계다. 인간은 어린 시절 어머니의 품 안에 머물면서 걱정 없이 편안하게 생활한다. 그러나 성인이 되면서 그 편안함, 보살핌 등을 포기하게 된다. 그래야만 성인이 될 수 있는 것이다. 포기할 줄 모르는 사람은 절대로 강한 자아를 발달시킬 수 없다는 게 프로이트의 말이다. 포기를 모르는 사람은 어린아이처럼 자신의 본능을 따라 배가 고프면 울고 졸리면 자는 사람이다. 성인이 된다는 것, 성숙한 사람이 된다는 것은 모든 욕구를 다 채우지 않고 일정 부분 포기할 수 있다는 것을 의미한다.

그러나 포기는 포기하는 대상보다 더 고상한 것을 추구할 때에만 의미가 있다. 금식을 하는 사람은 내적 자유를 위해 먹기를 포기하는 것이다. 다이어트를 하는 사람은 몸매를 가꾸고 몸무게를 줄이기 위해 케이크 한 조각을 포기하는 것이다. 수도사들은 신을 더 가까이하고 더 많은 시간을 기도하는 데 할애하기 위해 결혼을 포기한다. 학자들은 연구에 몰두하기 위해 유흥을 포기하기도 한다.

우리는 포기할 줄 아는 사람을 자유로운 사람이라고 말한다. 모든 욕구를 다 충족하며 살지는 못하지만, 욕구에 얽매이지 않고 언제든지 '예' 또는 '아니오'라고 말할 수 있는 사람이기 때문이다. 그러나 포기가 지나친 사람도 있다. 강박적으로 포기를 해야만 직성이 풀리는 사람들이다. 포기를 선택하는 것이 아니라, 스스로 포기를 강요하고 아무것도 즐기지 못하는 사람들이다. 케이크 한 조각을 먹는 순간 죄책감에 빠지기 때문에 케이크를 포기해야만 하는 경우다. 잠시 하던 일을 놓고 산책을 하지도 못하는 사람들이 있다. 산책을 하면서 계속 자신이 다하지 못한 일들을 떠올리며 괴로워하기 때문이다. 또 항상 누군가를 도와줘야 하기 때문에 자기 삶의 많은 부분을 포기하는 사람도 있다. '왜 너 자신만 생각하니? 너는 너무 이기적인 것 아냐?' 이런 죄책감에 빠져 선행을 하게 되는 사람들 말이다. 하지만 포기가 죄책감에서부터 출발한다면 포기가 가져다주는 자유와 진정한 가치는 느낄 수 없게 된다. 즐기지 않는 사람은 즐길 줄 모르는 사람이 된다. 포기가 선택이 아닌 의무가 되는 순간 삶은 경직된다. 그리고 충족되지 못한 욕구는 다른 방식으로 표출된다. 나는 지나치게 이타적인 삶을 사는 사람을 만난 적이 있다. 불쌍한 사람을 돕기 위해 나중에는 친척들에게 돈을 빌리다 못해 요구하기까지 했다. 또 하나의 문제는 그 사람이 돕고 있는 사람들이 그를 이용하고 있었는데도 그는 그 사실을 깨닫지 못했다는 점이다. 자신의 욕구를 억누르다 보니, 그 욕구를 대신할 새로운 욕구가 생겨났기 때문이다. 다른 사람들에게 인정과 존경을 받고 호감을 받고자 하는 욕구 말이다. 주변 친구들은 그에게 도움을 받는 사람들이 지나친 요구를 하고 있으며, 그가 이용당하고 있는 것이라고 말해주었지만 그는 오히려 화를 냈다. 그는 자신의 욕구들을 억누르다 보니 다른 형태의 욕구를 충족해야만 했고 그래서 눈이 멀어버렸다.

예수님은 금욕생활을 하거나 고행을 한 성인은 아니었다. 세례자 요한과 예수님은 다른 삶을 살았다. "사실 요한이 와서 먹지도 않고 마시지도 않자, '저자는 마귀가 들렸다.'고 말한다. 그런데 사람의 아들이 와서 먹고 마시자, '보라, 저자는 먹보요 술꾼이며 세리와 죄인들의 친구다.'고 말한다." 마태오복음 11장 18-19절 예수님과 세례자 요한 두 사람 모두 바리새인들의 심기를 불편하게 만들었다. 세례자 요한은 금욕과 절제의 모범을 보이면서 안락한 삶을 누리던 바리새인들의 도덕성에 대한 의문을 던진 셈이었다. 반면 예수님은 세리와 죄인들과 어울리면서 바리새인들의 심기를 건드렸다. 그들과 먹고 마시면서 즐기는 모습을 보였기 때문이다. 예수님은 다음과 같은 비유로 자기 행위를 설명하셨다. "예수님께서 이 말을 들으시고 그들에게 말씀하셨다. '튼튼한 이들에게는 의사가 필요하지 않으나 병든 이들에게는 필요하다. 너희는 가서 '내가 바라는 것은 희생 제물이 아니라 자비다.'는 말이 무슨 뜻인지 배워라. 사실 나는 의인이 아니라 죄인을 부르러 왔다.'" 마태오복음 9장 12-13절 바리새인들의 반응에서 우리는 우리 자신의 모습을 발견할 수 있다. 주변에 많은 것을 포기하고 절제하는 사람이 있으면 우리는 그 사람을 향해 금방 손가락질을 하게 된다. "재미를 모르는 사람이다. 일종의 환자지. 인생을 제대로 살 줄 모르는 불쌍한 사람이야." 반면에 인생을 마음껏 즐기는 사람을 보면 "스스로를 통제하지 못하는 사람이다. 인생을 생각 없이 사는 사람이지."라고 비판하며 손가락질을 한다. 이처럼 우리는 즐기는 것과 포기하는 것에 대해 양면적인 태도를 취하곤 한다. 이 둘 사이에서 적당한 균형을 찾는다는 것은 쉬운 일이 아니다. 각자에게 적당한 균형이 있을 것이다. 각자 자신에게 적합한 그 균형점을 찾아야 한다. 그래서 다른 사람을 평가해서도 안 되는 것이다.

지혜로운
태도

●

오늘날 사람들은 지식이 많은 사람을 동경한다. 그래서 특정 분야의 전문가나 학자들이 존경과 관심을 받는다. 과거에는 지혜로운 사람이 존경의 대상이었다. 지식의 양이 많은 사람이 아니라 사고의 깊이가 깊은 사람 말이다. 과거에는 사람들이 지혜로운 사람의 조언, 특히 인생의 경험이 풍부하고 많은 것을 보고 듣고 경험하면서 인생의 비밀을 깨달은 노인의 조언을 높이 샀다. 독일에는 세계 경제를 연구하고 독일의 정치권이 어떻게 대응해야 할지를 제안하는 위원회가 있는데, 이 위원회를 구성하는 경제학자들을 '다섯 현자'라고 부르기도 한다. 현자라 불리는 이 경제학자들의 임무나 특성은 사실 성경이나 고대 철학서에 묘사된 지혜로운 사람들의 전형적인 모습과는 거리가 멀다.

지혜는 박학다식이 아니라, 진정한 존재 이유를 꿰뚫어 볼 수 있는 통찰력을 말한다. 현자를 뜻하는 독일어 'Weise'는 '알다'를 뜻하는 동사 'wissen', 그리고 'wissen'은 '보다'를 뜻하는 'sehen'에 뿌리를 둔 단어다. 다시 말해 지혜로운 사람은 많이 본 사람, 인생의 바닥을 내려다본 경험이 많은 사람, 미래를 내다볼 수 있는 사람, 어떤 사건의 본질을 볼 수 있는 사람이다. 사건의 연관 관계를 이해하는 사람이 바로 지혜로운 사람이라고 할 수 있다. 지혜는 오랜 세월에 걸쳐 터득한 것으로 일반적으로 지혜로운 사람이라고 하면 나이가 어느 정도 있는 사람을 연상한다. 지혜로운 사람은 주어진 상황의 본질이 무엇인지 직관적으로 파악할 수 있는 사람이다. 인생의 가장 근본적인 문제, 문제의 본질을 알고 있는 사람이다. 그리고 신과 인생의 비밀을 아는 사람이다. 그리스인들은 지혜를 신과 연계되어 있는 개념으로 보았다. 그들은 아테네와 아폴로가 인간에게 지혜를 준다고 믿었다.

그리스어로 지혜를 뜻하는 단어는 '소피아'다. 그리스철학계에는 소피스트라고 불리는 학파가 존재했다. 소피스트학파의 철학자들은 자신들이 세상의 지혜를 소유하였다고 주장하였다. 그리고 지혜를 무엇보다도 뛰어난 언변이라고 보았다.

지식을 소유물이나 재산으로 생각하는 오늘날의 보편적인 태도를 처음 시도한 사람들이라고 할 수 있다. 그들 역시 지식을 저장해 두었다가 언제든 불러내 사용할 수 있다고 보았다. 그리고 지식은 권력을 상징한다고도 믿었다. 완전히 반대 입장을 취했던 철학자가 소크라테스였다. 소크라테스는 내가 아무것도 모른다는 사실을 아는 것이야말로 진정한 지혜라고 하였다. 그의 제자 플라톤은 모든 사물의 근원을 발견하는 것, 모든 사물의 본질을 깨닫는 것이 지혜라고 보았다. 지혜로운 사람은 자기 자신의 존재를 스스로 깨닫는 사람이다. 플라톤은 여기에서 말하는 존재란 선하고 아름다운 것이라고 정의하였다. 따라서 지혜로운 사람은 선하고 아름다운 것을 추구하는 사람이다. 플라톤은 지혜로운 사람은 모든 것을 있는 그대로 인정하는 사람이며, 존재를 소유하는 것이 아니라 존재를 그저 동경하는 사람이라고 설명한다.

지혜는 라틴어로 'sapientia'다. 이 말은 '맛보다', '알아내다'를 뜻하는 'sapere'로부터 파생된 단어다. 지혜로운 사람은 본질을 찾아내는 탁월한 감각을 지닌 사람이다. 그는 선하고 아름다운 것, 인간에게 진정으로 유익한 것이 무엇인지를 찾아내는 능력이 있는 사람이다. 또한 악한 것 역시 누구보다 잘 알아차리는 사람이다. 악한 것은 역겹고 쓰다. 지혜로운 사람은 선하고 악한 것을 정확하게 구분한다. 지혜로운 사람은 악을 싫어한다. 로마인들은 지혜로운 사람을 스스로를 간파할 줄 아는 사람, 스스로를 받아들이고 통제할 수 있는 사람이라고 말한다. 지혜로운 사람은 자신의 모습을 있는 그대로 수용하는 사람인 것이다. 부드러운 시선으로 자기 자신을 바라보면서 자기 영혼의 가장 깊은 곳까지 들여다볼 수 있는 사람인 것이다. 이러한 사람만이 자기 자신뿐 아니라 다른 사람에게 편안함을 줄 수 있다. 지혜로운 사람과 대화를 나누고 나면 그 대화가 기분 좋은 느낌을 남기는 반면, 지혜가 없는 사람과 대화를 나누고 나면 씁쓸한 기분이 들기 마련이다.

성경에는 지혜서가 여러 권 있다. 이 지혜서에는 고대 이집트, 그리스, 페르시아, 로마와 유태인들의 지혜가 압축되어 있다. 가장 대표적인 것이 잠언이다. 유태인들이 말하는 지혜로운 사람은 다음의 성경 구절을 통해 소개된다. "지혜의 시작은 주님을 경외함이며 거룩하신 분을 아는 것이 곧 예지다."잠언 9장 10절 지혜는 신을 의지하는 것, 신을 신뢰하고 존중하는 것이다. 지혜로운 사람은 신의 위대하심과 유일무이하심, 신의 거룩하심과 광대하심을 아는 사람이다. 그는 신의 비밀 앞에 엎드리는 사람이다. 지혜로운 사람은 인생이 나락으로 떨어지는 이유를 지식을 통해 찾아낼 수 없다는 사실을 인정하는 사람, 인생의 어려움을 조용히 묵상하고 받아들이며 인간의 힘으로는 이해할 수 없는 신의 계획에 내맡길 수밖에 없음을 인정하는 사람이다.

신약성경을 보면 루카가 예수님을 지혜의 스승이라 부른다. 예수님은 솔로몬보다 더 지혜로운 분이신 것이다. 그분은 서양과 동양의 지혜가 한데 녹아 있는 존재인 셈이다. 예수님은 자신이 전하는 말씀 속에서 다양한 비유와 격언을 통해 신의 지혜를 전해주셨다. 그는 비유를 통해 세상의 본질을 바라볼 수 있는 눈을 열어 주셨다. 예수님은 세상을 이해하는 것, 인간의 새로운 자기 이해 그리고 신의 비밀을 발견하는 것을 지혜라고 여기셨다. 바오로는 진정한 지혜를 예수 그리스도의 십자가 속에서 발견하였다. 예수님은 십자가에서 인생의 가장 깊은 경험을 하셨다. 예수님은 죽음에서 새 생명으로 옮겨지는 경험을 하셨고, 어둠이 빛으로 그리고 버려짐이 신과의 화해로 변하는 경험을 하셨다. 십자가에 매달리신 예수님은 삶과 죽음을 맛보신 것이다. 예수님이 구체적으로 형상화시킨 지혜는 우리가 가지고 있던 삶에 대한 기존 지식을 뒤엎는다. 그 지혜는 우리에게 인간이라는 존재에 대한 가장 근원적인 비밀을 밝혀 준다.

가치를 존중하는 태도

요즘 기업들은 고객을 존중하며 직원들을 존중한다는 내용을 기업의 비전이나 목표에 명시한다. 거꾸로 생각해보면 너나할 것 없이 존중이라는 단어를 쓰는 것은 실질적으로 직원들이나 고객이 제대로 존중 받지 못하고 있기 때문은 아닐까 싶다. 나에게 상담을 요청하는 상당수의 사람들은 자신이 직장에서 존중 받지 못한다고 토로한다. 사장을 직접 만난 적도 거의 없고 마치 무슨 부속품 같은 느낌을 받는다고 말한다. 존엄성을 지닌 한 인간으로서 충분히 존중 받지도 못하고, 적절한 대우를 받지 못한다는 것이 많은 사람들의 의견이다. 특정한 가치가 상실되거나 상실될 위험에 처한 경우에는 그 가치를 강조하고 부각시킬 필요가 있다. 그렇기 때문에 우리는 서로를 어떻게 하면 더 존중할 수 있을지를 고민하며 이 문제를 부각시킬 필요가 있는 것이다.

독일어로 '가치를 존중하다'는 단어 'wertschätzend'는 두 단어가 합쳐진 합성어이다. 첫 번째 단어 'Wert'는 '가치'를 의미한다. 가치는 존엄성과 관련이 깊은 단어다. 모든 인간은 불가침의 존엄성을 가지고 있다. 자신의 가치를 인식하고 있는 사람이라면 다른 사람의 가치 역시 인정하고 존중할 수 있다. 그러나 자기 스스로를 가치 없게 여기는 사람은 다른 사람의 가치 역시 깎아내리려 한다. 스스로 가치 없다고 생각하는 사람은 다른 사람들이 가치 있다는 사실이 견디기가 어렵다. 그리고 자신이 말하는 모든 것뿐 아니라 다른 사람이 말하는 모든 것을 판단하고 평가해야만 직성이 풀리는 사람들이 있다. 그들은 매사에 가치 평가를 한다. 우리는 종교를 통해서 평가하지 않는 습관을 길러야 한다. 그것은 우리 자신의 태도를 평가하지 않는 데서부터 시작한다. 자신이든 다른 사람이든 간에 평가하지 않고 그냥 지켜보는 연습이 필요하다. 자신의 가치를 충분히 인식하고 있는 사람은 그만큼 가치가 있는 사람이다. 다른 사람의 가치를 깎아내리는 사람은 그만큼 스스로를 가치 없게 여기고 있다는 점을 자신의 태도로 증명하는 사람일 뿐이다.

독일어로 '가치를 존중하다'라는 합성어를 구성하고 있는 두 번째 단어는 '존중하다'는 뜻의 'schätzen'이다. 이 단어는 원래 '동전'을 뜻하며 소유물이나 부를 의미하는 'Schatz'에서 파생된 동사다. 15세기 이후 독일어권에서는 자신이 사랑하는 사람을 '나의 보물(Mein Schatz)'이라고 부르곤 한다. 동사인 'schätzen'은 원래 '가치를 부여하다', '가치를 평가하다', '가치를 판단하다'는 뜻을 지닌다. 우리는 누군가를 낮게 평하거나 잘못 평가할 위험이 있다. 때로는 동료를 과대평가하거나 과소평가하기도 한다. 가치를 존중한다는 뜻은 상대방에게 가치를 부여하는 것, 상대를 가치 있는 존재로 바라보는 것을 말한다.

가치를 존중한다는 말은 상대방에게 합당한 가치를 부여하는 것이라고 했다. 상대의 내면에 숨어 있는, 자기 자신과 다른 사람들에게 가치가 있는 보물을 발견하는 것이다. 다른 사람의 내면에 감춰진 보물을 발견하는 사람은 그 보물의 존재 여부를 말로 설명할 수 있어야 한다. 이로써 상대방의 가치 있는 특성이 더욱 공고해져 빛을 발하게 된다. 상대에게 그 사람의 가치 있음을 알림으로써 나는 상대방이 스스로 자신의 가치를 바라볼 수 있게 해준다. 그 결과 스스로 더 가치 있다는 사실을 깨달은 상대방은 다른 사람들에게도 더 가치 있고 존귀한 존재가 되는 것이다. 반면 내가 상대방의 가치를 깎아내린다면, 그는 스스로 가치 없게 느끼게 될 것이다. 그리고 그는 과장된 행위를 통해서 자신이 가치 있는 사람이라는 점을 증명하려 하거나 소극적으로 변할 것이다. 더 이상 그 무엇에도 용기를 내지 못하게 될 것이다.

인간은 다른 사람들이 자신을 존중하는지 그렇지 않은지 본능적으로 알아차린다. 자기 남편이나 연인으로부터 존중을 받지 못해 속상하다고 털어놓는 여성들이 많다. 한 번은 한 여성이 유명한 강사를 초청해 강연회를 개최하였다. 그런데 초청을 받은 남자 강사는 자신을 초청한 여성을 전혀 존중하지 않았다. 그는 강연을 하기 위해 그 여성을 이용하기만 하고, 불친절하고 무례하게 굴었다고 한다. 그 여성은 비슷한 강연회를 준비하는 과정에서 정반대의 남자 강사를 만난 적이 있다고도 했다. 처음 만나 인사를 하는 태도에서부터 그녀는 그 남자가 자신을 존중하고 있다는 사실을 느낄 수 있었다. 두 번째 강사는 여성을 자신의 하녀 부리듯 하지 않았고 자신과 동등한 권리와 자유를 가진 인간으로 대했던 것이다. 그는 강연 준비를 위해 그 여성이 했던 수고를 인정하고 고마워했다. 상대의 가치를 존중하는 사람을 만나면 사람들은 만족과 행복을 느끼게 된다. 자신을 존중하는 분위기에서는 그 누구라도 일하기 좋아한다. 그러나 자신이 어떤 업무에 단지 이용당하는 느낌을 받는다면, 그 순간 일하고자 하는 의욕은 급격히 떨어지게 된다. 그리고 내적으로 불쾌감을 느끼게 된다.

우리는 모두 우리가 지닌 가치를 인정받고자 한다. 이것은 누구나 갖고 있는 욕구이므로 다른 사람을 대할 때 그 사람의 가치를 존중하는 태도를 유지할 수 있도록 노력해야 한다. 이는 우리에게 상대방의 가치 그리고 그 사람 안에 내재되어 있는 보물에 대한 믿음이 있을 때에만 가능하다. 믿음이 곧 가치를 존중할 줄 아는 태도를 갖는 첫 번째 조건이다. 독일어에서는 믿는다(glauben), 칭찬하다(loben), 사랑하다(lieben)라는 세 단어가 모두 '좋은'을 의미하는 'liob'으로부터 파생하였다. 다시 말해 믿음은 다른 사람의 좋은 면을 인지하고 발견하는 것을 의미한다고 볼 수도 있다. 또한 칭찬은 다른 사람의 좋은 면에 대해 언급하는 것이다. 칭찬은 사람들이 더 열심히 일하도록 동기를 부여하는 기술이기도 하다. 칭찬은 내가 믿는 것을 말로 표현하는 것이다. 칭찬은 상대방 안에 있다고 내가 믿는 좋은 면을 말로 설명하는 것이다. 이 행위를 통해 상대방은 자신의 가치가 존중 받는다고 느낀다. 독일어에서 사랑은 가치를 존중할 때 반드시 포함시켜야 하는 개념이다. 원래 사랑은 다른 사람과 잘 지내며, 그를 좋은 마음으로 대해주는 것을 말한다. 다른 사람에게서 좋은 면을 발견했고, 그 좋은 면을 믿기 때문에 그 사람을 친절하게 대해줄 수 있는 것이다. 또한 그에게 도움이 필요할 때는 모른 척하지 않고 언제든 도움을 주며, 부족한 것이 없는지 늘 살피게 되는 것이다.

오늘날 많은 기업 컨설턴트들은 기업의 리더들에게 부하 직원들을 존중하는 태도가 절실히 필요하다고 강조한다. 그러나 가치를 존중하는 태도가 일종의 기술이나 속임수로 변질되어서는 안 된다. 부하 직원의 가치를 존중하는 태도는 진심에서 우러나와야 한다. 믿음, 칭찬, 사랑, 이 세 가지 모두가 가능하다면 진심으로 직원의 가치를 존중한다고 볼 수 있다. 우리는 다른 사람을 볼 때 절대로 좋은 면만 보지 않는다. 좋은 면이 많은 사람에게서도 반드시 단점들을 발견해 내곤 한다. 그러나 첫눈에 봐도 많은 단점들을 가진 부하 직원이라도 그에게서 나쁜 면보다는 좋은 면을 찾아내고, 그것을 진심으로 믿는다면 그 직원을 충분히 존중해줄 수 있게 된다. 구체적으로 좋은 면을 발견하지 못하였다 치더라도 좋은 구석이 있을 거라고 여기는 것만으로도 충분하다. 그렇다면 그가 더 좋은 쪽으로 발전할 수 있으리라는 기대를 갖고 그를 믿어줄 수 있기 때문이다. 아직은 기대만큼 충분히 좋은 사람은 아닐지라도 좋은 구석이 있을 것이라고 믿는 것이다. 그리고 그에게 기대하고 믿는 좋은 면을 언급함으로써 그가 가치 있는 사람이 될 수 있도록 힘을 실어 주는 것이다. 그러면 그는 모두에게 보물 같은 존재로 변할 것이다.

만족해하는 태도

●

우리는 상대방의 얼굴을 보면 그가 자기 스스로에게 그리고 자신의 삶에 만족하고 있는지, 그렇지 않은지 알 수 있다. 자신의 삶에 만족하지 못하다면 불평과 짜증, 불안함 등이 표정에서 엿보이기 때문이다. 대체로 사람들은 자신의 삶에 만족하지 못하는 사람들을 멀리하게 된다. 그들은 항상 불평이 많기 때문이다. 그렇다면 어떻게 해야 자기 자신과 자신의 삶에 만족하는 사람이 될 수 있을까? 그리고 만족한다는 것은 무엇을 의미하는 것일까?

만족한다는 독일어 'zufrieden'은 원래 '안심시키다', '평화롭게 만들다'는 단어에서 탄생하였다. 다시 말해 인간은 안심하고 평화를 찾을 때 만족하게 되는 것이다. 그런 의미에서 만족은 우선 자기 자신과의 관계가 안정적이고 평화로워야 달성된다고 정의할 수 있겠다. 만족감은 한 번에 달성될 수 있는 어떤 상태를 뜻하는 단어가 아니라, 평화로운 상태를 만들어 내기 위한 끊임없는 노력의 과정을 지칭한다. 자기 내면에서 발견하는 것들과 끊임없이 화해함으로써 만족감을 누릴 수 있다는 말이다. 독일어로 '평화'를 뜻하는 'Friede'는 '자유'를 뜻하는 'Freiheit'와도 연결되어 있다. 평화는 자유가 전제되어야만 존재할 수 있기 때문이다. 분노 또는 질투가 마음을 지배하게 내버려 두어서는 안 된다. 만족하기 위해서는 이러한 감정들이 나의 마음을 뒤흔들 수 있다는 사실을 우선 받아들여야 한다. 그러나 이러한 감정들의 지배를 받아서는 안 된다. 이러한 감정들에 좌우되지 않고 자유로울 때 사람은 만족감을 느낄 수 있다. 부정적인 감정들이 생긴다고 해서 화를 낼 필요도 없다. 부정적인 감정이 일어나는 것 역시 자연스러운 현상이므로 그러한 감정들을 인정하되 그 감정들에 휘둘리지 않으면 된다.

만족한다는 것은 또 다른 의미를 지닌다. 현재 나의 모습, 있는 그대로의 모습에 만족한다는 의미도 있다. 지금의 내 삶에 만족할 수 있어야 한다. 내게 주어진 가족, 내가 선택한 직업 등에 만족할 수 있어야 한다. 만족한다는 것은 체념과는 전혀 다른 개념이다. 체념과 달리 만족은 자기 자신과 자신의 삶을 충분히 살피고 고민한 후, 내 자신 그리고 내 삶과 화해를 맺는 것이기 때문이다. 내 자신과 내 운명에 동의하는 것이기 때문이다. 그리고 신이 지금 내 삶을 인도하고 있으며 앞으로도 나를 인도해줄 것이라고 믿기 때문이다.

만족은 일상 속에서 쉽게 실천할 수 있는 삶의 태도이기도 하다. 늘 만족스러운 사람은 휴가지에서 선택한 숙소에 만족할 줄 안다. 그는 불편한 점들이 있더라도 불평하지 않는다. 부족한 부분이 있더라도 자신이 선택한 숙소에 만족할 줄 아는 사람이다. 물론 누구나 휴가지에서 이용할 숙소에 대해 자기만의 기준이나 기대가 있을 수 있다. 깨끗한 침대와 샤워실, 소음이 전혀 들리지 않는 쾌적한 환경을 기대할 것이다. 그래서 어쩌면 방에 들어서는 즉시 실망할 수도 있다. 그래도 주어진 환경을 받아들이고 만족하기로 결정할 수도 있다. 타협을 하는 것이다. 만족한다는 것은 일종의 결정이기도 하다. 숙소에 대해 만족하기로 결정하는 순간 마음의 평화가 찾아온다. 늘 불평이 많은 사람, 만족할 줄 모르는 사람의 경우는 휴가 기간 내내 마음의 평화를 누리지 못한다. 매사에 마음에 들지 않는 것을 찾아내기 때문이다. 그들은 뭘 해주어도 만족하지 못하는 사람들이다. 아무리 잘 해주어도 결국에는 흠을 찾아 들춰내는 사람들이다.

자신의 삶에 만족하는 노인들이 있다. 나이가 많아 건강상의 문제가 많은데도 말이다. 몸이 불편함에도 불구하고 불평하지 않고 만족한다고 한다. 그들은 자신보다 더 어려운 처지에 있는 노인들도 많다고 말한다. 반면 늘 불평을 늘어놓는 노인들도 있다. 건강이 나빠 힘들다고 죽을상을 하며 산다. 병문안을 온 사람이 미안함을 느껴야 할 만큼 건강이 나빠진 것을 불평하는 노인들도 있다. 모든 것에 만족하는 노인들은 주변 사람들에게 평화를 느끼게 해준다. 그리고 자기 자신과 자신의 삶, 심지어 제약이 많은 삶에도 만족하고 감사하는 법을 사람들에게 가르쳐 준다.

사실 자기 자신과 자신의 삶, 자신의 삶 속에 주어진 환경을 수용하고 그것에 만족하기 위해 노력하는 것은 우리 평생의 과제이다. 또한 만족은 수동적이거나 체념적인 태도를 말하는 게 아니다. '더 좋은 대안이 없으니 그냥 만족한다. 더 이상 무엇을 하는 것이 의미가 없기 때문에 그냥 만족하기로 한다.' 이런 식의 태도가 아니란 말이다. 만족이란 과정이자 결정이다. 나에게 주어진 가능성에 만족하기로 결정하는 것이다. 포기하거나 노력하지 않는 것이 아니다. 내가 할 수 있는 것을 다했을 때, 최선을 다했을 때 만족감을 누릴 수 있다. 단, 내가 세운 목표의 달성 여부가 만족감을 누리기 위한 전제가 되는 것은 아니다. 목표를 향해 전진한다는 것 자체에 만족하는 것이다. 같은 목표를 향해 달리는 다른 사람들과 나를 비교할 필요도 없다. 이때 자신의 능력뿐 아니라 한계를 인정하는 것이 중요하다. 늘 만족할 줄 모르는 사람은 스스로 인생을 불행하게 만드는 사람이다. "삶의 열매나 세상의 아름다움으로 만족하지 못하는 욕심 많은 사람들은 스스로 삶을 비참하게 만들고 세상의 아름다움을 누리지 못하는 형벌을 받는다." 레오나르도 다빈치의 말이다.

맺는 말

조금 다르게 살고 싶다

우리는 어떻게 살고 있는가? 우리는 어떻게 살 수 있는가? 이것이 내가 하고자 하는 이야기다. 우리는 늘 시간이 지나고 나서 다르게 살지 못한 것을 후회하곤 한다. 나는 이 책이 당신이 다르게 사는 방법을 발견하는 데 도움이 되기를 바란다. 조금 다르게 살아 보고 싶다는 생각이 들게 하는 자극제가 되었으면 한다. 내가 소개한 삶의 태도들은 절대적으로 지켜야 하는 도덕적 지침이 아니다. 성공한 인생을 살기 위한 절대적인 방법도 아니다. 삶의 방식에는 여러 가지가 있을 수 있다. 이 책은 당신의 삶의 다양한 가능성을 열어 주기 위한 것이다. 1970년대 나는 뒤르크하임 경을 자주 방문하곤 했는데, 뒤르크하임 경은 융의 심리학과 선불교 사상을 접목시켰다. 그는 자신의 어두운 면뿐 아니라 밝은 면까지 억누르는 사람들이 있다고 설명하였다. 나는 이 책이 당신의 밝은 면을 자유롭게 펼치는 데 도움이 되기를 바란다. 우리 안에는 우리가 생각하는 것보다 훨씬 더 많은 가능성이 숨어 있다. 용기를 내기만 하면 된다. 그러나 자신을 너무 몰아붙여서도 안 된다. 이 책에 소개된 태도들 중 당신이 자유롭게 충분히 실현할 수 있는 태도, 당신에게 평화와 사랑을 느끼게 해주는 태도가 당신에게 맞는 삶의 태도이다. 실천하는 것이 부담이 되는 태도가 있다면, 그것은 당신에게 맞지 않는 태도이거나 그 태도에 대해 잘못 이해하고 잘못 실천하고 있는 것일 수 있다.

이 책을 마무리하는 과정에서 나는 홍콩에 다녀왔다. 2014년 가을 나는 홍콩에서 학생 시위를 아주 가까이에서 지켜볼 수 있었다. 두 번 정도 학생들과 직접 만나 대화를 나누기도 했다. 나는 그들의 친절함, 온유함, 열린 마음, 관대함에 감동을 받았다. 이러한 삶의 태도를 바탕으로 한 학생들의 시위는 홍콩 전체를 변화시켰다. 학생들은 오로지 돈에 대한 욕심으로 가득하고 공익보다는 개인의 사리사욕이 앞섰던 도시에 새로운 방식의 공존문화를 정착시켰다. 사람들 사이에는 연대가 싹트기 시작했다. 신뢰가 자라기 시작했다. 나이가 많은 홍콩 주민들은 학생들에게 식료품을 제공하거나 생활비를 제공하였다. 이러한 형태의 연대는 홍콩 역사상 처음으로 나타난 현상이었다. 학생들이 중국이라는 거대 권력에 맞서 승리할 가능성은 희박하다. 중국 정부는 홍콩의 상황을 그저 지켜보면서, 갈등이 저절로 해결되기를 기대하고 있을 것이다. 그러나 방관은 갈등을 해결하는 방법이 아니다. 학생들이 몸소 보여준 새로운 삶의 태도는 이제 홍콩에서 당연한 현실이 되었다. 그들은 도시와 사회를 완전히 바꾸어 놓았다. 이러한 변화는 표면적 권력보다 훨씬 큰 힘을 가졌다. 삶은 모든 제도나 규정보다 훨씬 강력한 힘을 가진다.

나는 당신이 이 책에 소개된 다양한 삶의 태도들 중에서 당신에게 맞는 태도들을 발견할 수 있기를 바란다. 또한 변화에 대한 거부나, 삶에 대한 소홀한 습관에서 벗어나는 변화가 당신과 당신의 주변에서 일어나기를 바란다. 꽃이 피어나듯 당신의 삶이 살아나고, 그 결과 주변까지 아름답게 변화되기를 바란다. 각자 주어진 삶에 최선을 다해 살아 보자. 신이 선물로 주신 모든 가능성을 활용해보자. 당신은 당신이 생각하는 것보다 더 많은 것을 할 수 있는 존재다. 당신의 삶의 태도는 당신뿐 아니라 주변 그리고 이 세상을 바꾸어 놓을 것이다.

| 참고문헌 |

『지혜』
Heinrich Fries, Weisheit, in: Praktisches Lexikon der Spiritualität, Freiburg 1988, 1420f.

『덕목』
Romano Guardini, Tugenden, Würzburg 1967.

『부부로 사는 법』
Hans Jellouschek, Die Kunst als Paar zu leben, Stuttgart 1992.

『희망의 철학』
Gabriel Marcel, Homo viator. Philosophie der Hoffnung, Düsseldorf 1949.

『4추덕-지혜, 정의, 용기, 절제의 네 가지 기본 덕목』
Josef Pieper, Das Viergespann. Klugheit - Gerechtigkeit - Tapferkeit - Maß, Freiburg 1970.

『우주 찬가』
Pierre Teilhard de Chardin, Lobgesang des Alls, Olten 1964.